아이를＊키우니＊팬클럽이 생겼습니다

# 아이를 키우니 팬클럽이 생겼습니다

초판 1쇄 발행 2023년 4월 21일

지은이 정소령

편집 권정현 윤소연 **표지디자인** 장상호
마케팅 임동건 **마케팅지원** 안보라 **경영지원** 이지원

**펴낸곳** 파지트 **펴낸이** 최익성
**출판총괄** 송준기 **출판등록** 제2021-000049호

**주소** 경기도 화성시 동탄원천로 354-28 | **전화** 070-7672-1001
**이메일** pazit.book@gmail.com | **인스타** @pazit.book

ⓒ 정소령 2023
ISBN 979-11-92381-51-0  03810

THE STORY FILLS YOU
책으로 펴내고 싶은 이야기가 있다면, 원고를 메일로 보내 주세요.
파지트는 당신의 이야기를 기다리고 있습니다.

# 아이를 * 키우니 * 팬클럽이 생겼습니다

오늘도 반짝이는
엄마들에게

*
정소령 지음

pazit

· 프롤로그 ·

## 엄마는 안 예뻐지지 않을 거야

어느 날, 5살 둘째 꿈이가 엄마는 '안' 예뻐지지 않을 거라고 말했다. 엄마에 대한 신뢰를 보여주는 아이 나름의 표현이자 세상이 말하는 객관적 예쁨과는 다른, 아이만의 기준에 충족하는 예쁨이리라. 아이는 그저 내가 엄마라는 이유로, 조건 없는 애정을 보내준다. 종종 나는 이런 사랑에 익숙해져 차가운 세상에 대처하는 감각을 잃을까 겁이 났다.

엄마가 되면서 처음 알게 된 아이와의 관계는 판타지 같은 것이었다. 나는 엄마로부터 무조건적인 사랑을 받았으면서도, 그때는 몰랐다. 내가 이렇게 누군가를 사랑하는 게 가능한 사람이라는 걸. 무조건적으로 나를 사랑하고 신뢰하는 누군가가 존재할 수 있다는 걸. 단지 내가 엄마라는 이유로 아이들은 나의 열렬한 팬이 되어 주었다.

모든 것이 낯설어 처음에는 스스로에게 경고하기도 했다. 지금 느끼는 따뜻함 속에 잠겨버리면 안 된다고. 이건 현실이 아니라고. 그런데 시간이 지나면서 알게 되었다. 아이들과 나눈 따뜻함이 나로 하여금 나를 더 사랑하게 했다는 걸. 여전히 겁나는 세상이라 해도 새로이 시작해 볼 수 있는 용기를 가지게 했다는 걸. 세상의 시선보다는 나의 마음에 더 집중할 수 있게 해주었다는 걸.

이렇게 이야기하면 혹자는 내가 정말 좋은 엄마일 거라 오해한다. 사실 나는 기준에 따라 좋은 엄마이기도 하고 그렇지 않은 엄마이기도 하다. 분명한 건 완벽한 엄마는 아니라는 거다. 그저 내가 생각할 때 이 정도면 충분하다 싶은 정도이지, 그 이상을 바라지는 않는다.

엄마가 되고 퇴사를 했다. 그리고 내 세상은 뒤집혔다.

하나의 기준만을 가지고 살던 내게는 작지 않은 충격이었다. 퇴사하겠다는 선택을 한 게 바로 나 자신이었는데도 그랬다. 자존감이 하염없이 하락하던 날, 지금 발 디딘 이 자리에서 어떻게든 행복해지자고 마음먹었다. 내가 결심한 건 딱 한 가지였다. *나를 잃지 않기.*

그러기 위해서 내 것을 사수하고, 아이들의 모든 시간에 내가 필요하다 여기지 않으며, 아이들과 함께하는 시간과 나에게 집중하는 시간 모두를 소중히 여기기로 했다. 스스로 나의 가치를 발견하려고 노력하면서 한없이 떨어진 자존감의 늪에서 벗어났다. 아이들에게 집중하는 시간에는, 아이가 보여주는 새로운 세상을 보며 함께 웃었다. 아이들이 전하는 온기를 그대로 끌어안았다. 하루가 다르게 성장하는 모습에서 나의 내일 역시 오늘과 다를 수 있음을 깨달았다. 그날그날의 행복을 한껏 부풀려 맘껏 느끼려 했다. 어딘가에 다른 행복이 있을 수도 있지만, 그렇다고 해서 이곳에 있는 행복을 평가절하할 이유는 없다. 매일의 행복을 찾아내고 즐기는, 그런 날이 쌓이는 만큼 다시 세상에 '나'로 설 용기도 쌓여 갔다.

엄마의 날들이 언제나 반짝이냐고 묻는다면, 사실 그렇지는 않다. 하지만 대체로 그렇다. 작은 반짝임이 모여 다리를 이루는 은하수처럼, 지난 십 년은 내게 새로운 세상을 만나는 다리가 되어주었다. 세상 모든 일이 그렇듯 엄마 역할에도 희노애락이 골고루 있다. 하지만 되돌아보면 '희'와 '애'의 존재감이 유독 또렷하다. 그래서 내 인생을 바꾸고, 더 많이 웃게 하고, 도전하게 한 날들에 대해서, 그날들 속의 나와 나의 아이들에 대해서 글을 쓰기로 했다. 특별하지 않지만 행복한 날들의 기록이 누군가의 오늘에 작은 미소 하나 선물할 수 있다면 더할 나위 없이 좋겠다 생각하면서. 용기내 시작한 나의 도전들이 누군가에게 영감이 되기를 바라면서.

2023년 3월
정소령

# 목차

## 아이에게 받습니다

# 02
# 나를 세우는

## 엄마로 살지만 엄마로만 살지 않습니다

## 시작을 시작할 용기

01

# 나를 키우는

*

아이에게 배웁니다

아이에게 받습니다

## 아이에게
## 배웁니다

아이만이 볼 수 있는 세계가 있다. 세상을 살아오면서 굳어지고 깎여
재단된 내 시선으로는 볼 수 없는 것들. 엉뚱한 행동으로
세상 무해한 웃음을 주었다가, 어느 순간에는 무릎을 '탁'
치게 하는 깨달음을 주는 아이들. 덕분에 나는 매일 조금씩 자란다.

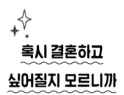

# 혹시 결혼하고
# 싶어질지 모르니까

2022년 8월 15일, 부산으로 1박 2일의 짧은 여행을 갔다. 첫째
축복이가 일몰을 배경으로 우리 부부 사진을 찍어주었다. 내 옆에 선
남편과 마주 서서 사진을 찍는 두 아들, 세 남자와의 여행. 아름다운
바다를 한껏 즐기는데 구글 포토에 11년 전 사진 알람이 온다. 사진 속
에 나와 남편이 있었다. 11년 전, 아직 내 인생에 세 남자 중 한 명도 들
어오지 않았던 시절. 그러니까 프리 시즌이었다고 해야 할까.

"이제 저는 그냥 혼자 살아야 할 것 같아요."

더 이상 누군가를 만날 자신이 없는 시기였다. 이렇게 말하는 나에게 그가 다가왔다. 그해 여름 광복절을 끼고 부산 부모님 집에 간다고 하니 그가 서울에서 부산까지 당일치기 여행을 오겠다고 했다. 밤차를 타고 새벽에 도착해 찜질방에서 잠시 눈을 붙이고 나올 테니 아침에 보자고. 나를 약속 장소까지 데려다주겠다며 함께 나섰던 엄마는, 나를 보러 서울에서 왔다는 남자가 아주 마음에 들었다고 한다. 그때 본 빨간 피케 셔츠 입은 모습이 지금도 선명하다고. 우리는 여름 한가운데 사람이 넘치는 해운대를 걸었고 그날 밤 그는 다시 서울로 올라갔다.

그로부터 몇 달 후 우리는 결혼 날짜를 정했다. 연애하는 것도 불안했던 내가 결혼하자는 말에 덜컥 그러자고 답한 건 아니었다. 무엇도 쉽게 확신하지 않는 내가 이 남자라면 결혼해도 되겠다고 쉽게 확신했을 리 없다. 정식으로 만난 지 두 달쯤 지났던가. 우리가 다니던 교회에서 내년 상반기 결혼식장 신청을 받는다는 광고가 올라왔다. 그저 남의 일이라고만 생각했는데 남편이 대뜸, 불쑥 신청하자고 한다. 응? 뭐라고? 물론 이 나이에 연애를 시작하면서 결혼 생각을 안 한 건 아니지만, 아직 구체적으로 결혼에 대한 이야기를 나눈 것도 아닌데 예식 장소를 신청한다고?

"이건 확정이 아니야. 경쟁률이 높아서 추첨으로 정하는데 당첨되기가 어려워. 혹시 결혼하고 싶어질지 모르니까 일단 신청만 해보는 거야. 결정은 당첨되면 그때 해도 늦지 않아."

"그래? …… 그럼 신청 한번 해보지 뭐."

그로부터 며칠 후, 남편은 예식 장소 신청을 하는 건 양가에 알려야 하지 않냐고 했다. 듣고 보니 그것도 맞는 말이다. 주말에 부산에 내려가 우리 부모님과 밥을 먹고, 다음날은 시부모님과 식사를 했다. 그리고 나서 내 손에 쥐어진 건 신혼여행 가이드북. 이번에도 그는 말했다. 결혼은 언제 할지 모르지만, 신혼여행지부터 골라보라고, 바다를 좋아하는 나니까 분명 그 책을 보면 기분이 좋아질 거라고. 정말이었다. 신혼 여행지들은 하나같이 너무 예뻤다. 나의 신혼 여행지로 그중 한곳을 낙점했다. 어느새 내 마음속에 결혼은 이미 정해진 일이 되었다. 아직 정해지지 않은 건 날짜뿐. 드디어 다가온 결혼식장 추첨날, 아슬아슬하게 다음 해 4월로 날을 받았다.

결혼 날짜가 정해지던 일련의 과정 중에 나는 한 번도 스톱을 외치지 않았다. 얼렁뚱땅 남편의 전략에 밀려 어느 날 보니 결혼하는 게 되어 있더라고 말하곤 했지만, 사실 나는 이 사람을 믿었다. 평생이 걸린 선택을 선뜻 하는 게 겁이 났는데 이만큼 믿을 만한 사람이 밀어붙여 주어 내심 고마웠다. 그렇게 다음 해 4월 우리는 결혼식을 올렸고 신혼여행을 떠났다.

세 남자 중 첫 번째 남자가 내 인생에 뿌리내린 순간이었다.

# 세 남자와
# 삽니다

연애가 짧았으니 적어도 1년은 아이를 가지지 않기로 했다. 연애하듯 신혼을 보낼 생각이었다. 그런데 신혼 9개월쯤 됐을 때 슬금슬금 걱정되기 시작했다. 임신에 어려움을 겪는 사람들이 주변에 많은 탓이었다. 못해도 3개월 정도의 준비 기간은 필요하다고들 했다. 그래서 계획보다 일찍 임신 준비를 시작했는데 덜컥 임신이 되어버렸다. 한창 미국 출장을 준비하던 중이었다.

결혼 전 산부인과 진료를 받을 때, 의사는 분명 임신이 어려울 수도 있다고 말했다. 결혼하면 임신부터 서두르라는 말도 덧붙였다. 그래서 더 불안했던 건데 반대의 상황에 당황하게 될 줄은 몰랐다. 계획했던 시기보다 3개월 앞선 탓에, 그해 고과 평가를 하기도 전에 출산을 하게 됐다. 날짜를 계산해 보고 한숨이 나왔지만, 출산 전까지 최선을 다해 일하는 것밖에 방법이 없었다.

임신 16주, 아이의 성별을 확인할 수 있는 시기였다. 딸만 있는 집에서 자라서일까. 여자아이는 상상이 되는데 남자아이는 상상도 되지 않았다. 확률은 50%라는 걸 알면서도 내심 내 아이는 딸일 거라 믿었던 것 같다. 의사 선생님이 초음파를 보며 아들이라는 암시를 줬을 때, 머리를 맞은 듯 멍해졌던 걸 보면 말이다. '아들이라고? 내가 아들을 낳는다고?' 진료를 마치고 회사에 돌아와 책상에 앉아서도 집중할 수가 없었다. 반전이 있지 않을까 끝까지 기대했지만 그런 건 없었다. 그해 9월에 나는 건강한 사내아이, 축복이를 낳았다.

반전은 아이를 낳는 순간에 일어났다. 예뻤다. 아이가 너무 예뻤다. 아들이든 딸이든 그런 건 중요한 게 아니었다. 어린이를 대하는 건 항상 서툴고, 아이들의 제어할 수 없는 재기발랄함 역시 견딜 수 없는 사람인데, 내 아이는 달랐다. 너무 힘든데 예쁜, 모순적인 감정이 내 것이 되어 있었다. 딸이었다면 더 좋았을까. 그건 해보지 않아 알 수 없다. 내가 아는 건 내 삶에 들어온 두 번째 남자를 그저 사랑하게 됐다는 것뿐이다. 이 남자는 내 인생을 완전히 바꾸었다.

힘들지 않았던 건 아니다. 가족 계획상 아이는 둘이었지만 두 아이를 키울 자신이 사라졌다. 하나만으로도 충분히 버거웠다. 두 살 터울이 이상적이라지만 내가 자신 없는 걸 어쩌랴. 첫째와 두 살까지는 우리만의 시간으로 채워 흘려보냈다. 세 살 터울로 수정한 우리의 계획이 오만이었다는 걸 깨닫는 데는 다시 1년이 걸렸다. 이번에야말로 결혼 전 의사 선생님의 말이 딱 맞았던 것이다. 1년이 넘도록 아이가 생기지 않았다.

하나면 충분해. 그냥 첫째 하나만 잘 키우자고 마음먹었다. 마음이 가벼워졌다. 임신 같은 건 염두에 두지도 않고 가족 여행을 떠났다. 그런데 첫날부터 컨디션이 이상했다. 버리지 못한 미련 때문에 아직 파우치 안에 들어 있던 임신테스트기를 꺼냈다. '이번에야말로 임신'이라며 증상 놀이하던 게 어디 하루 이틀 일인가. 어차피 한 줄이 나올 거라 생각하며 했던 테스트기에 두 줄이 떴다. 헛, 임신이었다. 둘째도 그렇게 예상하지 못한 순간에 찾아왔다.

둘째를 뱃속에 품고 첫째 손을 잡고 다니면 아이 성별이 궁금해 묻는 사람들이 있었다. '아들'이라고 대답하면 열이면 열, 안타깝다는 눈빛을 보내왔다. "셋째 낳아야겠네" 하는 말을 서슴없이 하기도 했다. 글쎄. 먼저 겪어본 사람들이 엄마에겐 딸이 필요하다 입을 모아 말하니 그 말은 진실일지도 모르겠다. 하지만 중요한 건 내 마음 아닌가? 나는 둘째를 준비할 때부터 사람들이 물어보면 이렇게 대답했다.

"둘째도 아들이었으면 좋겠어요. 두 아이가 누구보다 서로를 잘 이해하는 서로가 되었으면 해요. 살아보니 여성과 남성의 삶이 너무 다르더라구요. 때마다 해야 하는 고민도 달라요. 물론 모든 사람의 삶은 다 다르겠지만, 그래도 비슷할수록 이해의 폭이 넓어지는 건 사실이잖아요. 하나가 아니라 둘을 낳아야겠다고 생각한 건 저를 위해서가 아니거든요. 아이에게 부모 말고 한 명 더 마음을 나눌 존재가 있었으면 좋겠다는 생각이 먼저였어요."

형제든, 자매든, 남매든 각자가 타고난 기질에 따라 서로를 느끼는 마음도 다를 것이다. 성별이 같다고 해서 더 잘 통할 거라고 장담할 수도 없다. 그저 조금은 더 가능성이 높지 않을까 생각했을 뿐이다. 하지만 내 생각이 무슨 상관이랴. 더 중요한 건 나에게 성별 선택권이 없다는 사실 아닌가. 내 뱃속에 찾아온 두 번째 생명 역시 남성의 운명을 타고났다. 세상에 나올 준비를 시작하던 둘째 꿈이 형이 유치원에 입학하던 날 자정에 태어났다. 내 운명에 깊숙이 들어온 세 번째 남자의 탄생이었다.

세 남자와 삽니다.

오랫동안 프로필에 이렇게 적어두었다. 세 번의 만남 모두 내 예상과는 다른 모습이었지만, 세 남자와 산다는 말은 자연스러운 내 소개가 되었다. 그들이 바꾸어버린 내 삶 역시 낯설지만, 그들로 인해 행복한 날들을 살아가고 있고 그들과 함께하면서도 나를 잃지 않는 방법을 고민하며 나 역시 성장하고 있다.

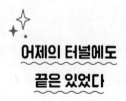

# 어제의 터널에도
# 끝은 있었다

축복이가 5살 되던 해에, 둘째 꿈이는 태어났다. 유치원 입학식 날 진통이 시작되는 바람에 유치원 적응 기간을 전혀 함께하지 못했다. 엄마와 동생이 조리원에서 돌아온 다음에는 집 안에서까지 적응기를 가져야 했다. 책을 좋아하는 아이가 동생을 피해 책을 읽었고, 놀러 가고 싶을 때도 아직 어린 동생 때문에 집에 있어야 했다. 꿈이가 조금 크고 나니 꿈이에게도 미안할 일이 늘었다. 자기 친구들 대신 형 친구 모임에 끼어 천덕꾸러기가 되고, 문화센터 신청도 형의 스케줄이 우선되곤 했다. 종종 '왜 나는 꼭 둘이어야 한다고 여겼을까?' 생각했다. 언젠가는 함께여서 좋은 날이 올 거라는 선배 엄마들의 말을 들으면서도, 그날은 도대체 언제 오는 건지 알 수 없었다.

그런데 꿈이가 3살 되던 어느 날, '그 날이 온 걸까?' 싶은 장면이 우리 집 거실에 펼쳐졌다.

"휘유웅 딸깍, 휘유웅 딸깍."

입으로 효과음까지 내며 움직이는 형아 등에서 꿈이는 해처럼 밝게 웃고 있었다.

"휘유웅, 꿈이씨. 등으로 더 올라오세요."

"네. 등으요 오떼요. 감미다."

등으로 더 올라오라고 가이드까지 하는 걸 보니 축복이도 즐기고 있는 게 분명하다. 등으로 기어오르는 꿈이는 말할 것도 없고 말이다. 드디어 꿈이가 어느 정도 말귀를 알아듣는 시기가 왔고, 두 아이는 같이 놀기 시작했다.

둘째가 5살이었던 어느 새벽 3시, 잠에서 깬 꿈이가 안방 문 앞에서 소리쳤다.

"엄마, 같이 자자. 내 방에서." 내가 몸을 일으키려는데 목소리가 들린다.

"꿈아, 형아랑 같이 누울까?"

꿈이 목소리에 깬 축복이가 안방 문앞까지 온 것이다. 그러더니 같이 화장실 갔다가 물 한 컵 마시고는 눕는 아이들. 이제 자려나 보다 했는데 소곤소곤 말소리가 들린다. 아고, 안 되겠다 싶어 얼른 일어나 꿈이 방으로 갔더니 꿈이가 코에 휴지를 꽂고 침대에 기대어 앉아 있었다.

"꿈이 코피 났어? 이거 누가 해줬어?" 해줄 사람이 축복이밖에 없는 걸 알면서도 믿기지 않아 물었다.

"형아가."

엄마 아빠 모두 비염이라, 아들 둘 모두 비염을 가지고 태어났다. 축복이도 그맘때 코피가 많이 나더니 꿈이도 코피가 자주 났다. 일단 코피가 나면 그냥 흐르는 게 아니라 펑펑 솟아나서 휴지 꽂아주는 것도 쉽지 않은 일. 나도 해줄 때마다 애를 먹는데 깔끔하게 꽂힌 휴지에 더 놀랐다.

"엄마, 내가 휴지 말아서 꽂아줬는데 좀 작은 거 같아."

남은 휴지를 손에 쥐고서 축복이가 말했다. 자세히 보니 손이랑 침대에 묻은 코피도 닦아낸 모양이다. 이 정도면 엄마 아빠를 깨울 법도 한데 혼자 알아서 챙겨준 축복이가 얼마나 기특한지. 그저 누구에게나 평등하게 흐르는 시간들을 지나왔을 뿐인데, 형제의 모습이 감동이 되는 날도 찾아왔다.

아들 둘을 낳기 전, 형제 육아가 내 이야기가 아닐 때는 시간 지나면 괜찮아질거라는 말을 의심한 적 없었다. 그런데 눈앞에서 티격태격하는 아이들을 보고 있을 때면 그런 미래는 내 것이 아닐 것만 같아 암담한 마음이 들곤 했다.

두 아이를 키우면서 아이의 병치레도 여러 번 경험했다. 며칠이면 지나갈 거라는 것도 경험으로 알고 있었다. 그럼에도 불구하고, 다시 열이 오르고 해열제가 듣지 않는 밤이 오면 또다시 영원에 갇힌 것처럼 느껴졌다.

그렇게 나는 참 어리석기 그지없는 사람이다. 하물며, 아이가 크기를 기다려야 하는 몇 년은 어땠을까. 터널에 끝이 있는 줄 알면서도 끝을 기대하지 못했다. 어쩌면 그래서 지금 여기에서 더 행복하려고 노력했는지도 모른다. 그저 오늘을 견디기 위해서였는데, 그저, 지금을 반복하다 보니 결국 지나왔다.

아마 내일 새로운 장해물이 생긴다면 나는 또 암담하다며 한숨을 푸욱 내쉬겠지만, 어제보다는 조금 더 안다. 모든 것은 지나간다는 걸. 때로는 몇 년을 기다려야 하지만 결국은 지나간다는 걸. 그런 마음으로 오늘을 더 소중히 여기기로 했다.

종종 생각한다. 육아는 자꾸 나에게 세상의 이치를 가르치는 것 같다고.

## 사탕 하나면 돼!

둘째가 3살 되던 해 크리스마스, 둘째는 처음으로 어린이집에서 산타 할아버지를 만났다. 과연 울지 않고 산타 할아버지를 반겨줬을지 종일 궁금했는데, 하원 길 선물을 들고나오는 표정이 밝다.

"엄마, 이거 산타 할아버지가 주신 선물이야. 얼른 가서 풀어보자. 사탕이 잔뜩 들어 있을 거야."

"하하하. 그래? 집에 가서 풀어보자."

어색하게 웃을 수밖에 없었던 건, 아무래도 선물이 사탕일 것 같지 않아서였다. 당시 7살이었던 형이 다니는 유치원은 크리스마스 즈음이면 산타 할아버지에게 받고 싶은 선물을 편지에 쓰는 행사를 했다. 정성스럽게 적은 편지는 집에 가져와 방문 앞에 붙여놓는다. 부모가 크리스마스이브에 머리맡에 놓아둘 선물을 사는 데 참고하는 용도다. 둘째는 형이 가지고 온 편지를 보더니, 아직 글을 쓸 줄 모르니 엄마가 대신 써달라면서 자기도 써야겠다고 했다. 그때 둘째가 말한 게 사탕이었다. 사탕 많이많이.

집에 와서 풀어본 상자에는 알록달록 예쁜 수건이 들어 있었다. 예상대로 아이는 울음을 터뜨렸다. "왜 사탕이 아니야?" 아이가 산타 할아버지에게 느낀 배신감이 얼마나 컸을까. 사탕은 크리스마스 이브 날 밤에 갖다주실 거라고 겨우 달랬다. 그랬다. 아이는 그저 내가 좋아하는 사탕만을 원했다. '얼마나 쓸모 있는가'는 중요하지 않았다. 매번 사탕을 받고 싶다던 아이는 사탕 하나면 세상을 다 가진 듯 행복해했다. 행복은 이렇게 지척에 있다.

엄마가 되고 나서 이런 소소함에 자주 감사하게 된다. 소소한 것에 의미를 두고, 소소한 것에 함박웃음을 짓는 아이들 덕분이다. 과자 하나 들고 행복해하는 아이를 보면서, 4살 차이 나는 형제가 손잡고 앞서가는 모습을 보면서, 투닥거리다가 에엥 울어버리는 귀여운 표정을 보면서, 같은 포즈로 잠들어 있는 아이들을 보면서, 넓은 놀이터에 나가 팡팡 뛰며 신나게 노는 아이를 보면서, 딱풀처럼 엄마에게 딱 붙어서 헤헤거리는 아이를 보면서, 나는 생각한다.

'이야, 정말 행복한 인생이야.'

이런 생각이 들 때마다 이 행복이 오래오래 지속되기를 기도한다. 우리 아이들이 대단한 행복을 얻는다면 물론 좋겠지만, 소소한 행복 역시 중요하다는 걸 아는 어른이 되었으면 더 좋겠다. 지금 손에 쥔 사탕 한 알의 행복을 잊지 않고 매일매일 그날의 행복을 놓치지 않고 흠뻑 누리는 사람이 되길 바란다.

언젠가부터 선택할 일이 있을 때마다 스스로 하게 되는 질문이 있다. "만약 내일 죽는다고 해도 이 선택을 할 것인가?" 진부하고 극단적인 질문이다. 하지만 이보다 내 선택을 명확히 해주는 질문도 없다. 최근 몇 년 사이 가까운 이들의 죽음을 마주하면서 이 질문을 더 자주 하게 됐다. 만약 내일 내가 세상을 떠난다면, 나는 무엇을 선택할까? 아마도 망설임 없이 아이들과의 시간을 선택할 것이다.

언제나 가장 만지고 싶은 순간은, 지금 내 곁에 있는 소소한 행복이라는 걸 지금의 나는 알고 있으니까.

## 어제는 싫었지만,
## 오늘은 좋아

"싫어."

"안 해."

"난 집에 엄마랑 있을 거야."

엄마의 자유시간을 조금이라도 늘리고 싶어 어디라도 보내려고 할 때마다 들었던 한결같은 둘째의 대답이다. 하고 싶은 게 너무 많아 고민스러웠던 첫째와 달리, 둘째는 무엇도 하지 않겠다고 해서 나를 곤란하게 했다. 그래도 6살이 됐으니 어디라도 보낼 수 있을 거라며 기대를 하고 물었다.

"꿈아, 우리 미술학원 갈까?"

"싫어."

그렇지. 꿈이는 앉아 있는 것보다 움직이는 걸 좋아하는 아이다. 장르를 바꿔보자.

"그럼 태권도는 어때? 줄넘기는?"

"싫어. 난 아무 데도 안 갈 거야. 매일 집에서 엄마랑만 놀 거야."

"꿈이야, 잘 생각해 봐. 엄마랑만 놀면 지루하잖아. 태권도 가면 더 신나게 놀 수 있어."

"아니야. 나 하나도 안 지루해. 엄마랑 놀이터 가면 되지. 자전거도 타고 킥보드도 타잖아."

그러던 어느 날 놀이터에서 동갑내기 친구를 만났다. 그간 찾기 힘들었던 동갑내기 동성 친구였다. 아이들이 함께 신나게 노는 동안 엄마들끼리 대화를 나누다 그 친구가 태권도에 다니고 있다는 사실을 자연스레 알게 되었다.

"꿈이야, 친구는 태권도 다닌대. 친구랑 같이 한번 가보는 거 어때?"

"그래."

으응? 그간 체험수업 한 번만 가보자고 할 때마다 싫다던 아이가 너무 쉽게 넘어왔다. 이런 기회를 놓칠 수는 없지. 두근두근하며 아이를 태권도장에 들여보낸 날, 수업을 끝낸 둘째가 문을 벌컥 열고 나왔다. 얼마나 신나게 뛰었는지 머리는 땀으로 엉망이고 양 볼은 빨갛게 달아올랐다. 더 반가웠던 건 내 얼굴을 보자마자 쏟아낸 흥분의 목소리였다.

"엄마, 나 태권도 내일도 올래. 나 매일매일 올래. 월화수목금토일. 다 올래."

덮어놓고 무조건 싫다고, 그것도 격렬하게 싫다고 주장하던 아이가 태권도를 경험한 그날 바로 달라졌다. 급격한 마음의 변화를 조금도 부끄러워하지 않고 온 동네에 큰 소리로 자랑하고 다녔다. '어제까지 싫다고 말했으면 어때. 오늘은 이렇게 좋은데, 뭐' 이런 생각조차 없다. 그냥 어제는 싫었고 오늘은 좋은 거다.

문득 나는 어제의 마음과 오늘의 마음이 달라서 변덕스럽다고 할까 봐 솔직히 말하지 못한 순간들이 생각났다. 내일 내 맘이 바뀔까 봐, 내일을 고려하느라 오늘 말하지 못한 마음들이 떠올랐다. 아이처럼 어른도 마음이 바뀔 수 있는 건데, 왜 그렇게 눈치를 봤을까?

아이를 변하게 한 50분의 마법. 그건 경험이다. 우리는 경험한 만큼 안다. 직접 경험이든, 간접 경험이든, 경험의 힘은 세다. 물론 '간접'보다 '직접'이 훨씬 강하다. 50분의 샘플 수업으로 180도 달라진 아이의 마음을 보면서 이런 생각을 했다.

우리에게도 아이의 태권도와 비슷한 것들이 많지 않을까? 경험하지 못해서 알지 못했고, 알지 못해서 싫다고 생각했던 것들.

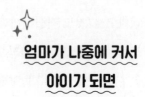

# 엄마가 나중에 커서
# 아이가 되면

첫째가 어릴 땐 왜 그렇게 집에 있는 게 힘들었는지. 집 밖의 놀
거리를 찾아나서는 게 매일의 일과였다. 그때 내가 가장 좋아했던 곳
이 키즈카페다.

그날도 아이는 신나게 이곳저곳을 기웃거리다 볼풀장에 쏙 들어
갔다. 뒤뚱뒤뚱 볼을 가르며 걷다가 이리 넘어지고 저리 넘어져도 아
프기는커녕 꺄르르 웃음이 터져 나오는 곳. 아이들에게 볼풀장은 그런
곳이지만 어른에게는 다르다. 아이의 장단에 맞추려 이리저리 움직이
다 보면 에너지가 두 배로 빠르게 소진되는 곳이 바로 볼풀장이다.

엄마의 체력은 아이의 행복만큼 소중하니까. 나는 따라 들어가
는 대신 모서리에 자리를 잡고 앉기로 했다. 두 손만 쏙 넣고 볼을 몇

개 잡아 툭툭 던지며 노는 게 나의 계획이었다. 근데 눈치 없는 아이가 큰 소리로 부르는 것 아닌가.

"엄마, 엄마도 들어와."

"안 돼. 볼풀장은 아이들만 들어갈 수 있거든."

들어가기 싫어서 엄마가 얼른 만들어낸 핑계에 아이는 심각해졌다. 한참 진지한 표정으로 고민하더니,

"그래? 그럼 엄마 나중에 커서 아이가 되면 그때 들어와서 같이 놀자." 무엇이든 될 수 있다고 믿는 4살. 그 순수함이 예쁘다.

언젠가부터 자꾸 어딘가에 매달리려는 축복이. 놀이터에 가면 아무 기둥에나 찰싹 매달려서는 엄마를 부른다. 귀엽다며 사진을 찍어댔더니 길을 가다 만난 나무에까지 매달리려 드는 게 아닌가. 이렇게 아무 데나 매달리면 다친다며 말렸더니,

"원숭이는 나무에 잘 매달릴 수 있는데 나는 안 되는 거야? 그럼… 내가 나중에 원숭이가 되면 나무에 매달릴게."

나도 무엇이든 될 수 있다고 믿던 때가 있었다. 무엇이든 꿈꿀 수 있었던 시절. 아이에게서 나의 어린 마음을 본다. 엄마는 다시 아이가 될 수 없겠지만 아이 같은 마음을 가져볼 순 있겠지. 축복이는 원숭이가 될 수는 없겠지만 더 튼튼한 형아가 되면 철봉에 원숭이처럼 능숙

히 매달릴 수도 있을 거다.

무엇이든 될 수 있다고 믿는 아이에게 그건 어려울 것 같다고 말하지 못했다. 그래. 우린 무엇이든 될 수 있어. 그렇게 믿는다면 말이야. 어떻게 이룰지는 힘껏 고민하면 될 일이지.

# 지루함이
# 아이를 키운다

축복이와 꿈이의 나이 차이는 4살이다. 함께 놀기 좋은 터울은 아니다. 1살과 5살, 2살과 6살, 3살과 7살이 함께하기에는 수준 차이가 너무 컸다. 코로나로 가정 보육이 일상화된 2020년은 두 아이가 각각 4살, 8살이 되는 해였다. 코로나는 엄마와 아이들부터 집 안에 가두었다. 학교는 온라인 수업을, 유치원은 휴원을 시작했다. 기약 없이 시작된 지루한 생활. 그런데 덕분에 얻은 게 하나 있었으니, 그건 바로 형제간의 우애다.

'지루함이 아이를 키운다.' 원래부터 좋아하던 말이지만 이 시기를 지나면서 더욱 믿게 됐다. 아이들이 스스로 재료를 찾고 놀잇감을 만들기 시작했기 때문이다. 방에서 글을 쓰다가 거실에 나와 보니 거실 바닥에 자동차가 만들어져 있었다. 솔직히 말하면 내 눈에는 자동차 아니었지만, 아이의 주장에 따르면 그건 틀림없는 자동차였다. 바닥에 쇼핑백을 넓게 이어붙인 단순한 형태였는데, 아이들은 그 위에 앉아 이곳저곳으로 여행하는 놀이를 하고 있었다.

아이들이 신나게 노는 게 좋아 나도 커다란 쇼핑백을 찾는 데 동참했다. 사실은 쇼핑백만 잔뜩 찾아주면 엄마가 뭘 하든 신경 쓰지 않고 둘이 한참 노는 게 좋았다. 그게 바로 '자기주도' 놀이 아니던가. 처음엔 둘이 겨우 앉을 정도로 작았던 쇼핑백 자동차가 어느새 대형 비행기로 발전했다.

8살 형아는 절대 바닥이 보이면 안 된다며 쇼핑백을 펴서 배치하고 테이프로 붙이느라 여념이 없고, 4살 동생은 그 주변을 서성이며 형아가 만드는 비행기의 대단함을 칭송했다.

"엄마, 이 비행기에서 제일 중요한 게 뭔지 알아?"

"뭔데?"

"여기야. 여기." 위아래로 쌓인 박스 2개를 가리키며 말한다.

"이게 뭔데?"

"엄마가 맞춰봐. 안을 잘 봐야 알 수 있어."

그래서 들여다봤더니 잡다한 것들이 잔뜩 들어 있는 것 아닌가.

"아, 짐 넣는 곳이구나."

"맞아. 여긴 비행기 짐칸이야."

며칠이 지나니 박스 비행기도 지루해졌는지 새로운 비행기가 등장했다.

"엄마, 형아 방에 비행기가 생겼어. 엄마도 타러 와."

이번 비행기 출몰지는 첫째 방. 그곳에는 이불을 모두 모아 만든 난장판이 있었다.

"엄마, 침대 위로 올라가. 이제 출발할 거야."

아이들은 신났는데 엄마는 너무 졸린 오후 3시쯤.

"그래? 근데 엄마 지금 너무 졸리는데 혹시 비행기에서 자도 돼?"

"응. 오래 갈 거니까 좀 자도 돼."

아이들 옆에서 잘 수 있을까 싶었는데 많이 피곤했는지 정말로 잠이 들었다. 정신을 차리고 시간을 보니 30분쯤 지나 있었다. 아이는 엄마가 일어난 걸 확인하더니 말한다.

"손님. 다 주무셨나요? 이제 식사 시간입니다. 엄마, 여기가 진짜 중요한 곳이거든. 뭐 하는 곳이게?"

한구석에 불룩한 이불 산을 가리키며 물었다.

"모르겠는데."

"그래? 이제 알게 될 거야. 꿈이 씨, 이제 식사를 준비해 주세요."

"네, 형아씨." 둘째가 이불 더미 안에 들어가서 이불을 뒤집어쓰더니 차자작, 쉬익쉬익 입으로 무언가를 만드는 소리를 냈다. 그리고는 나와서 양손을 내밀며, 마음으로만 볼 수 있는 식사를 내민다.

아, 저 이불 더미가 식사 준비 공간이었구나. 우리에게 익숙한 것이 아이들에게는 얼마나 새로운 것이 될 수 있는지에 대해 생각한다. 아무것도 할 수 없는 동안 아이들은 연구원이 됐다.

지루해도 괜찮다. 아이들의 지루함을 채우려 전전긍긍하는 대신 나에게 집중해도 괜찮다. 지루함은, 너저분한 집 안에도 비행기를 만들어내는 슈퍼파워를 가졌으니까.

# 북키프로스를
## 찾아줘

꿈이는 지도 광이다. 정확히 말하면 지도에서 국가들을 살피는 걸 좋아한달까. 처음 시작은 전집을 사고 받은 국기 지도였다. 국기를 너무 좋아하기에 국가 카드를 꺼내줬고, 이내 아이는 국가와 국기를 외우기 시작했다. 서점에서도 관련 책만 보면 사달라고 졸라서 사줬더니, 그 책으로 5살 때 한글을 배웠다. 이미 외운 국기와 위에 적힌 국가명을 하나씩 대조해 외우는 식이었다.

"이 국기는 인도네시아 국기. 그럼 이 글자는 인.도.네.시.아."

지구 위에 경계를 나눠 자리 잡은 국가들을 카드나 책으로만 보는 게 답답해 보여 세계 지도를 사주기로 했다. 처음에는 각 지역에 사는 동물 그림이 그려진 아기자기한 지도로 시작했다. 아이가 닳도록 지도만 연구하다 보니 어느새 세계 지도만 3종 이상이 스쳐갔다. 지금까지 살아남아 부엌에 붙어 있는 지도는 국기가 함께 그려진 지도다. 국가 표기가 꽤 자세한 편이지만 공간 제약 때문에 표시되지 않은 국가명도 있어 다른 지도와 책을 번갈아 찾아보기도 한다. 아이가 북키프로스를 찾아달라 부탁한 건, 지도 아래 그려진 국기를 유심히 보면서였다.

"엄마, 부키프로스 좀 찾아줘."

"응? 부키프로스?"

그건 또 어디란 말인가.

"꿈이야, 그게 어딘데?"

"책에 분명히 그런 나라가 있었거든. 봐. 여기 국기도 있잖아. 근데 아무리 찾아도 안 보여. 엄마 핸드폰으로 그게 어디 있는 나라인지 좀 찾아봐."

무엇이든 핸드폰에 의지하는 모습을 보여주고 싶지 않지만, 망망대해 같은 세계 지도 위에서 모르는 나라를 찾는 건 막막한 일이다. 얼른 핸드폰을 꺼내 우리 모두의 구원자, 초록창을 열었다. 거기에 '부키프로스'를 쳤더니, '북키프로스'로 자동 검색어 수정이 된다.

"아, 꿈이야. 북키프로스야?"

"응. 맞아."

어디에 있는지 확인하려고 아래 설명을 읽어보니, 키프로스 섬

북부에 있는 공화국이자 미승인국이란다. 위치는 남부의 키프로스 공화국 북쪽. 키프로스와 북키프로스? 키프로스 섬을 남북으로 나누어 북쪽은 북키프로스, 남쪽은 키프로스 공화국이다. 이거 어딘가 익숙한 느낌이다. 한반도를 남과 북으로 나누어 분단된 남북한과 비슷하잖아? 으음, 그렇다면 여기도 분단국가야? 이상한데. 한국이 유일한 분단국가 아니었어?

혼란스럽기 시작했다. 이제는 아이보다 내가 더 궁금하다. 위키백과에 바짝 다가앉았다. 터키군의 개입으로 촉발된 전쟁. 여기에서 승리한 터키가 북부 절반을 장악하면서 키프로스가 분단되었다고 한다. 그러니까 키프로스는 분단국가가 맞다. 이럴 수가. 한국이 유일한 분단국가가 아니었다니. 분명 베를린 장벽이 무너질 때 모두가 얘기하지 않았던가. 이제 한국은 이념 갈등으로 분단된 유일한 국가라고.

가만, 그리고 보니 여기 단서가 있었다. '이념 갈등으로' 분단된. 그러면 대부분의 사람들이 한국을 '유일한 분단국가'라 기억하는 건 '이념 갈등'이란 말보다 '유일한'이라는 단어가 주는 충격이 더 커서였을까? 이번에는 '유일한 분단국가'라는 키워드를 검색창에 넣어봤다. 나와 같은 의문을 가진 사람이 많았는지 대한민국 통일부 블로그에 관련 포스팅이 정말 있었다.

좁은 의미로 보자면, 냉전 이후 이념 갈등으로 분단된 유일한 국가. 그것이 대한민국이라고 설명하는 게 맞다. 실제로 세계에는 다양한 이유로 분단된 국가들이 더 존재한다. 의문의 시작점이 된 키프로스 공화국과 북키프로스 공화국을 비롯해, 중화인민공화국과 중화민국, 아일랜드 공화국과 영국령 북아일랜드 공화국 등이다.

아이를 낳고 키우면서, 전에는 알지 못했던 것들을 많이 깨닫는다. 세상에는 마음대로 할 수 없는 것도 있다는 사실이라든지, 사람은 누구나 실수를 하면서 배워간다든지 하는 것들. 엄마가 되면서 인생을 좀 더 알게 되었다고 생각한 날이 많았다.

그런데 이런 '지식'들까지 6살 아이를 통해 배우게 될 줄이야. 나는 궁금해하지 않는 것을 아이는 궁금해하고, 그건 새로운 지식의 발견이자 습득으로 이어진다. 어른인 나에게 지도는 내가 아는 나라만 확대되고, 모르는 나라는 축소된 채로 존재한다. 자주 다루어지는 국가에만 관심을 가지는 것도 사실이다. 그런데 아이의 시선은 다르다. 나보다 아는 것은 적을지 모르지만, 바로 그 이유로 편견도 없다. 경제지표와 상관없이, 땅의 크기와 상관없이, 아이는 모든 나라가 똑같이 궁금하다. 그래서 발견할 수 있었다. 북키프로스라는 작은 국가를.

아이는 어른의 스승이라는 말은 정말이지 빈틈없이 딱 맞는 말이다.

## 뒹굴뒹굴 놀이
## 하자

결혼 전 좋아하던 노래가 있다. <없는 게 메리트>. 그때는 '없는 게 메리트고 가진 건 젊음'이라는 가사가 좋았다.

지금은 그로부터 십 년 지난 젊음을 가졌고 없는 건 체력인 엄마가 됐다. 첫째가 어릴 땐 저질 체력으로 아이와 놀아주기 위해 매일 책을 읽었다. 다행히 아이도 책을 좋아해서 책은 나의 최애 육아템이 되었다. 둘째를 낳고 나는 한 번 더 책 읽기 전략을 시도했다. 그런데, 이럴 수가. 둘째는 온몸으로 말했다.

나.는. 책.이. 싫.어.요.

앉아서 노는 걸 좋아하는 첫째와 달리, 둘째는 1분 이상 궁둥이를 붙이고 있지 못하는 아이다. 앉아서 책 읽는 게 싫은 건 당연지사.

다른 전략이 필요하다. 하지만 정적인 걸 좋아하는 엄마와 동적인 걸 좋아하는 아들 사이의 타협점을 찾는 건 어려운 일이었다. 에너자이 저 아들을 위한 집중 놀아주기와 엄마의 휴식을 위한 방치를 오가던 어느 날, 우리의 접점을 찾았다.

피곤했던 어느 날, 아이가 놀아달라며 엄마를 불렀고, 눕고 싶은 마음을 떨치지 못한 나는 이렇게 말했다.

"그럼 엄마랑 침대에서 뒹굴뒹굴하면서 놀자."

속마음은 '우리 그냥 누워 있자'였지만 최대한 밝은 표정으로 "놀자"를 강조했다. 오호, 그런데 아이가 넘어왔다. 얼른 침대로 들어가 등을 붙였다. 이야. 너무 좋은 걸? 둘째는 옆에 눕더니 말한다.

"엄마, 뒹굴뒹굴 해야지."

아. 그래. 뒹굴뒹굴. 누운 채로 이리 뒹굴 저리 뒹굴. 이거 괜찮은데? 좀 미안하니까 아들을 꼭 끌어안았다. 안고서 뒹굴뒹굴. 등은 편하고 품은 따뜻하다. 그 후로는 종종 뒹굴뒹굴 놀이를 한다. 엄마랑 놀고 싶은데 엄마가 피곤해 보이면 아이가 먼저 제안하는 놀이.

"엄마, 우리 뒹굴뒹굴 놀이 하자."

## 나는 멋귀야

내 몸이 힘들면 아이가 예뻐 보이기도 힘든 법. 뒹굴뒹굴 놀이를 할 때는 유독 아이가 더 사랑스럽다. 꼭 안고 뒹굴거리다 보면 볼도 깨물어주고 싶고 뽀뽀도 하고 싶고, 애정 지수가 하늘 높은 줄 모르고 치솟는다. 그럴 때면 묻는다.

"꿈이야, 꿈이는 왜 이렇게 예쁘지?" 그러면 눈을 초승달 모양으로 접으며 말한다.

"안 알려 줘."

침대 위는 아이가 예뻐지는 마법의 장소가 틀림없다. 막 눈을 뜬 아침, 침대 위 부스스한 얼굴이 귀엽다. 안 알려준다고 할 걸 알면서도 엄마는 또 물었다.

"우리 꿈이는 예뻐? 멋져? 귀여워?"

사실 예쁜 것과 멋진 것과 귀여운 것의 차이를 알고 있을지 궁금하기도 했다. 안다면 그중 더 선호하는 표현이 있을까?

"안 알려 줘."

그럼. 그렇지 이번에도 같은 대답이다. 근데 좀 있다 불쑥,

"나 먹귀야."

'응? 먹귀? 뭐지? 먹는 건가? 어느 이야기에 나오는 먹방 귀신 이런 건가?'

"먹귀가 뭐야? 먹는 거야?"

"아니야. 멋지고 귀여운 거야. 나는 멋귀야."

"아하. 그거구나. 그래그래. 너는 멋지고 귀엽지. 우리 막내."

칭찬에 익숙하지 않은 나 첫째와 달리, 둘째는 칭찬 앞에 당당하다. 그런 아이가 신기해서 자꾸 묻게 된다.

"우리 꿈이는 오늘도 멋져?"

"응. 나는 멋지지."

다른 사람과 비교하거나 따져볼 이유 없는 나의 멋짐. 그런 아이가 나는 좋다. 쓸데없이 객관적 시각을 가진 탓에, 밖에서 큰 소리로 자신의 멋짐을 어필할 때는 부끄러움을 느끼지만, 엄마가 좀 부끄러워도 괜찮아. 실제로 얼마나 멋지게 생겼느냐가 중요한 게 아니잖아. 멋진 마음으로 멋지게 살면 되는 거지.

엄마도 더 당당해져 볼게. 아니라고, 칭찬은 넣어두라고 손사래 치는 대신, "네. 제가 좀 멋지죠?" 하는 삶을 살아봐야겠어.

# 용돈
## 받을 만한 일

"엄마, 내가 엄마 지갑 갖다줬으니까 나 100원 줄 거지?"

지갑 찾는 걸 보고 얼른 가져다주더니 이렇게 말하는 꿈이는 어릴 때부터 돈에 대한 애정이 남달랐다. 용돈을 받으면 바로 엄마에게 맡기는 형과 달리 자기 손에 꼭 쥐고 있으려 했다. 통장을 만들어 저축하자고 했더니 은행에 둘 수도 없단다. 누굴 닮은 건지 돈만 보면 눈이 커져서 민망할 때가 한두 번이 아니다.

한번은 친척 어른이 만 원을 용돈으로 주셨는데 다시 돌려주며 5천 원과 천 원으로 바꿔달라고 한 적도 있다. 아니, 용돈을 주시면 감사합니다 하고 받아야지, 바꿔달랄 건 뭔가. 이유를 물었더니, 5천 원이나 천 원짜리가 가지고 싶었단다. 그나마 귀엽다며 웃어넘길 수 있었던 건, 만 원을 5만 원짜리로 바꿔달라는 게 아니라 5천 원짜리로 바꿔달라고 했기 때문. 돈에 관심은 있지만 탐욕스러워 보이지 않는 교묘한 선이었다.

지갑을 가져다주고 100원을 달라고 한 건 그날 아침의 대화 때문이다. 출근하는 아빠를 보며 아이는 의문을 표했다. 왜 아빠만 돈을 벌 수 있냐는 것이다. 5살이 됐으니 슬슬 용돈 교육을 시작해 볼까 하는 마음에, 심부름 할 때마다 100원을 주기로 약속했다. 그랬더니 시키지도 않았는데 엄마 지갑을 가지고 온 거다. 자발적으로 가지고 와서는 심부름을 했다며 해맑게 웃는 아이는 너무 귀여웠지만, 이렇게 쉽게 넘어갈 수는 없는 일이었다. 앞으로를 위해 선을 긋기로 했다.

"아니야. 이건 엄마가 시킨 심부름이 아니잖아. 그리고 이건 용돈을 받을 만한 일이 아니야. 용돈을 받으려면 엄마에게 꼭 필요한 일, 이것보다는 더 어려운 일을 해야 해."

그랬더니 빠르게 표정이 어두워진다. 그런데 그저 어둡기만 한 게 아니다. 실망은 잠시, 곧 골똘히 고민하는 표정이 되더니 입을 열었다.

"그럼 엄마, 내가 엄마 잘 때 불 끄고 옆에 누워서 아침이 될 때까지 절대 엄마 위로 안 올라갈게."

푸핫. 그런 거다. 5살 꿈이에게 세상 제일 어려운 일은 자다가 엄마를 깨우지 않는 것, 자다가 엄마 위에 올라가지 않는 것. 이 역시 심부름은 아니니까 100원을 줄 수는 없지만, 너무 귀여워서 한참을 웃었다.

꿈이를 재울 때, 내가 제일 많이 하는 말은 "내려가"이다. 워낙 스킨십을 좋아하는 아이여서인지 잘 때마다 자꾸 배 위로 올라온다. 문제는 나에게 안기는 자세를 취하는 게 아니라, 정말 내가 침대라도 되는 듯 하늘을 보고 눕는다는 거다. 똑같은 무게가 위에 올라오는 건데 자세가 대수냐 생각할 수 있지만 실제로 당해 보면 천지 차이다. 폭 안길 때는 포근하고 좋지만, 하늘을 보고 누우면 어딘가 딱딱하고 부자연스러운 게 영 불편하다. 매번 내려가라고 소리치는데 좀 지나면 스멀스멀 올라오는 무한반복의 굴레다.

그래서 엄마 속내를 모르나 보다 했는데 아이도 알고는 있었던 거다. 엄마가 싫어한다는 걸 말이다. 알지만 너무 어려운 일이라서 모른 척 했을 뿐이었던 거다. 알고 있다는 것만으로도 마음이 몽글몽글해지지만 그래도 아닌 건 아닌 것.

"아니야. 꿈이야. 그건 심부름이 아니야. 잘 때 엄마 위에 안 올라오는 건 당연한 거야. 그걸로 엄마가 보상해 줄 순 없어."

아이는 아직 어리니까, 원하는 걸 들어달라고 떼를 쓰는 존재니까, 엄마가 원하는 것에 관심이 없지 않을까 생각한다. 그런데 어느 날 문득 알고는 있구나 싶어 웃음이 나올 때가 있다.

역시, 어른의 마음으로 아이의 마음은 속단할 게 아니다.

# 책 보기
# 자유이용권

그사이 1년만큼 더 자라 6살이 된 둘째 꿈이.

"엄마, 내가 이거 줄게. 이거 진짜 좋은 거야."

"그래? 뭔데?"

"책 보기 자유이용권."

아이가 내민 쪽지에는 네모 하나와 숫자 6 비슷한 모양이 나란히 그려져 있었다.

"이것 봐. 여기 네모는 책이야. 그리고 옆에 이 표시(6처럼 생긴 그것)는 자유이용권 표시야."

시도 때도 없이 책을 펴는 엄마에게 꿈이는 자주 책 덮고 놀아달라고 요구한다. 그러면서도 책을 덮을 때마다 아쉬워하는 엄마의 마음을 꿈이는 알았나 보다. 엄마와 놀고 싶을 때 엄마가 책을 읽고 있으면 엄청나게 싫어하면서 이런 자유이용권을 가지고 오다니. 한 번쯤은 엄마가 책 읽어도 꾹 참고 혼자 놀 결심으로 만들었을 마음이 예뻐서 아이를 한참 안아줬다.

그로부터 며칠 후, 태권도장에서 평소보다 행복한 얼굴로 돌아온 아이 손에 장난감이 하나 들려 있었다. 뭐냐고 물었더니 무언가를 잘했을 때만 할 수 있는 뽑기가 있는데 오늘 자기가 그 뽑기를 하게 돼서 받은 거란다. 으음, 오늘은 특별히 뭘 잘한 걸까 궁금해서 물었더니, 형아들은 다 잘하는 건데 6살인데도 웬만큼 하니까 뽑기를 할 수 있게 해줬단다. 아, 내가 도장 가서 살짝 들여다볼 때는 형들이랑 비교하며 봐서 꿈이가 잘하는 게 보이지 않았구나. 태권도장 관장님에게 고마워졌다.

그날 저녁, 색종이를 자르고 무언가를 그리고 꼬깃꼬깃 접더니 몇 개를 손에 꼭 쥐고는 다가왔다.

"엄마, 이거 뽑기야. 여기 1등부터 6등까지 있는데 1등 선물은 뭘로 하고 싶어?"

오호. 태권도장 뽑기를 참고해서 너만의 뽑기를 만들었구나. 엄마가 원하는 1등 선물은 자유시간인데 그건 네가 들어 줄 수 있는 게 아니고… 아, 그래. 그런 방법이 있지.

"꿈이가 1일 종일반 하는 거."

하핫. 동공 지진. 아이의 눈동자가 흔들린다. 그건 안 된다고 할 줄 알았는데, 이내 눈동자가 다시 자리를 찾더니 좋다고 답하는 거 아닌가. 1등 선물을 정하더니 나가서 다시 오리고 그리고 만들다가 말한다.

"엄마, 2등 선물은 마사지 어때? 6등은 스쿼트야."

"스쿼트? 누가 하는 건데?"

"엄마가 하는 거지."

"응? 그게 선물이야?"

"당연하지. 어떻게 하는지 내가 알려주는 거야. 이거 봐. 스쿼트는 이렇게 해야 돼. 더 안 내려간다 싶으면 다시 올라와. 이건 쉬운 거니까 가벼운 운동이라도 하자."

이번에도 아이는 진지하다. 절대 스쿼트가 아닌 동작을 진지한 표정으로 하는 아이의 모습이 너무 웃기지만 웃음을 참아야 한다.

"3등은 뽀뽀 네 번. 4등은 뽀뽀 다섯 번. 5등은 뽀뽀 여섯 번."

"꿈이야. 근데 왜 등수가 아래로 갈수록 뽀뽀 개수가 늘어. 거꾸로 된 거 아니야?"

"아니야. 맞아."

네. 이건 꿈이의 뽑기니까요. 꿈이 마음대로 합시다.

"그리고 엄마, 정말 중요한 게 있어. 이 뽑기에는 0등도 있거든. 0등은 3시간 자유이용권이야. 내가 저기 누워 있을 테니까 엄만 뚜두 뚜두 뚜루루 놀면 돼."

아이가 손가락으로 가리킨 저기는 내 침대였다. 그 침대 옆에는 책상이 있다. 아이는 엄마가 자유시간에 뭘 하고 싶을지 정확히 알고 있었다. 엄마는 컴퓨터 앞에 앉아서 글을 쓸 테니, 엄마에게 자유시간을 주더라도 옆에는 있고 싶은 꿈이는 침대에 누워 엄마를 보고 있겠단 얘기다. 마치 짱구가 엉덩이춤을 추듯 덩실거리면서 '뚜두 뚜두 뚜루루' 할 때는 나도 모르게 또 웃고 말았다. 이번에도 너무 귀여웠지만 짚고 넘어가야 할 게 있었다.

"그러면 자유시간이니까 꿈이가 아무리 불러도 아무 말 안 하고 엄마 할 것만 해도 돼?"

다시 진지해진 아이는 결심한 듯 대답한다.

"응. 근데, 한 번은 답해 줘야 해."

밀당의 고수인 아이는 누구보다 엄마를 잘 알고 있다. 엄마가 뭘 원하는지, 무엇을 하면 엄마가 웃을지, 어느 정도까지 협상이 가능한지.

우리, 언제까지 이렇게 서로를 잘 아는 사이로 지낼 수 있을까?

10살이 된 첫째에게 이런 질문을 한 적이 있다.

"축복아. 엄마는 이렇게 축복이랑 뽀뽀하고 대화하는 게 너무 좋은데 사춘기가 오면 아쉬워서 어쩌지? 사춘기가 오면 축복이도 다른 친구들처럼 엄마랑 말도 안 하고 그럴까?"

그러지 않을 거라 대답해 주길 기대했는데 아이는 뜻밖의 대답을 했다.

"그건 나도 아직 사춘기가 안 와서 모르지."

축복이 말이 맞다. 아직 오지 않은 미래의 일은 알 수가 없다. 주체가 나 자신이어도 말이다. 그래서 나는 오늘도 우리의 행복한 날을 기록한다. 언젠가 속상한 날이 오면 꺼내며 웃을 수 있도록.

## 할머니라서
## 그런 거 아닐까?

거제도 여행 마지막 날, 아쉬움을 달래려고 바다뷰 카페에 들렀다. 마침 옆에 도시락집도 있어서 하나 사서 먹기로 했다. 바다를 보며 먹는 도시락답게 해산물이 잔뜩 들어 있고 그 안에 작은 게도 한 마리 있었다. 작고 귀여워서 왠지 먹기 미안한 비주얼이었다. 게의 종류는 다양하니, 작다고 다 아기는 아닐 텐데 나도 모르게 '작다'를 '아기'와 연결해 버렸다.

"이야, 이 게는 진짜 작다. 아가 게인가 봐."

그랬더니 첫째가 그런다. "엄마, 아가는 먹으면 안 되는 거 아니야? 원래 낚시할 때도 아기 물고기는 다시 놔주던데." 낚시를 가본 적은 없지만, 낚시 가는 TV 프로그램은 본 적이 있는 터라 아이는 진지했다. 그때, 그 작은 게를 입에 막 넣으려던 둘째가 살짝 내려놓으며 더 진지하게 말한다.

"이거 사실 아가가 아니라 할머니라서 작아진 거 아닐까?"

이야. 그렇게 생각할 수도 있구나. 그렇지. '작다'를 그렇게 한쪽으로만 정의할 필요는 없다. 아이는 얼마 전 본 책의 내용을 떠올린 거다. 그 책에는 아기가 노인이 되기까지 나타나는 신체의 변화가 그림으로 나와 있었다. 사람과 게는 다르지만, 아이이기 때문에 사람과 게의 경계도 넘나들 수 있는 것 아닐까? 물론 아이는 그 게가 아가가 아니라 할머니여야 먹을 수 있다고 생각해서 그렇게 말했을 거다. 맛있어 보이는 게를 입에 쏙 넣기 위해 한 말이라 할지라도, 이럴 때 나는 무릎을 친다. 너는 작지만 어쩌면 엄마보다 큰 존재일 수도 있어.

틀에 박힌 내 생각에 틈을 내는 네가 참 좋아.

# 내가 하품하니까
# 아침이 됐어

우리 집에는 자는 걸 세상에서 제일 싫어하는 아들 두 명이 산다. 태어난 지 두 달도 안 돼 통잠의 기적을 보여 준 첫째는 24개월쯤 갑자기 돌변했다. 잠만 자자고 하면 세상이 무너질 듯 울었다. "자, 이제 잘 시간이야" 하면 대성통곡. 처음 어린이집에 갔을 때는 낮잠을 자지 말라고 해도 자던 아이가, 3살 하반기부터는 낮잠도 거부하기 시작했다.

둘째는 형과 다르게 처음부터 한결같다. 돌이 되도록 1시간에 한 번씩 깨더니 낮잠과도 일찍 작별했다.

"오늘은 좀 더 놀다 자면 안 돼?"

"이것만 더 하고 잘게."

잘 시간만 되면 책을 펴고 앉아서는 책 좀 더 읽겠다부터 갖가지 이유를 들어서 늦게 자고 싶어한다. 그래서 아이와 잠자리 대화는 계속된다.

"잠은 왜 자야 해?"

"우리 몸은 쉴 시간이 필요해. 잠을 자야 내일 더 신나게 놀 수 있어."

"그래도 자기 싫은데."

"꿈이야, 얼른 눈 감고 자면 아침이 금방 올 거야. 자기 싫다고 늦게 자면 그만큼 아침이 늦어져. 자, 이제 조용히 하고 눈 감고 자자."

실제로 언제 자느냐에 따라 밤의 길이가 달라지는 건 아니지만 빨리 잠들수록 아침으로 빠르게 점프할 수 있는 것도 맞으니까. 그런데 어느 날 아침, 머리에 새집을 짓고 눈 비비며 나타난 꿈이가 엄청난 발견을 한 듯한 표정으로 말했다.

"엄마, 내가 하품하니까 아침이 됐어."

그날 아이는 여느 때보다 더 깊이 잤나보다. 기억에서 완전히 삭제된 10시간. 하품을 하며 눈을 떴고, 그 순간 아이는 어젯밤 10시에서 뚝 끊긴 테이프가 아침 8시로 이어 붙여졌다 느꼈겠지. 그 접합부에 아이의 하품이 있었던 거다.

"하품하니까 아침이야." 왜 그렇게 말하는지 알 것 같으면서도 그 생각이 귀여워서 되물었다. "그래? 꿈이가 하품하니까 아침이 된 거야?" 그랬더니 그건 왜 묻냐는 듯 답답하다는 표정으로 말한다.

"이것 봐. 아침이잖아. 내가 하품을 딱 했더니 아침이 된 거라고."

이렇게 귀여운 착각이라니.

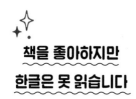

# 책을 좋아하지만
# 한글은 못 읽습니다

우리 집에는 자는 걸 싫어하는 아들 둘에 이어, 한글 배움에 대한 편견을 깨준 아들 둘도 산다.

첫째는 뛰어노는 것보다 앉아 있는 걸 좋아해서 16개월이 되어서야 걷기 시작했다. 문화센터 수업을 듣다 보면 대부분의 아이가 가만히 있지 못하고 돌아다녀서 엄마들이 애를 먹는다. 그곳에서 나는 부러움의 대상이었다.

"이야, 어떻게 애가 이렇게 가만히 있어요?" 그러면 나는 이렇게 대답했다.

"얘가 앉아 있는 걸 좋아해요. 얌전한 대신 아직 안 걸어요."

대답을 들은 엄마들은 '아하' 하는 표정으로 돌아서곤 했다. 보통

은 돌쯤 되면 적어도 한두 발자국은 떼기 시작하는데, 16개월이 되도록 기기만 하니 다른 이들 눈에도 걱정되는 모양이었다. 움직이는 걸 싫어해서인지 아이는 어릴 때부터 책을 좋아했다. 저질 체력 엄마의 책 사랑과 아이의 기질이 만나 시너지를 일으켰달까. 아이의 독서 속도를 따라가려다 보니 어느새 거실도 책장으로 가득 찼다.

'책을 좋아하니까 글도 빨리 읽겠지?'

내심 기대했다. 하지만 아이는 책에는 관심 있지만 글자에는 관심이 없었고, 엄마가 읽어주는 책은 좋아했지만 직접 읽고 싶다는 생각은 하지 않았다. 결국 초등학교 입학을 앞두고 7살이 되어서야 한글을 뗐다. (축복이는 '책을 좋아하는 아이는 한글을 빨리 읽는다'는 편견을 깨주었다.)

아기 때는 책만 읽어주려고 하면 도망가던 둘째는 어느 날 갑자기 책장 앞에 앉아 책을 읽기 시작했다. 우연의 일치일 수도 있지만 거실 서재를 만든 즈음부터여서, 역시 책에 노출되는 게 중요하다는 생각을 가지게 됐다.

대신 둘째는 첫째에 비해 독서 편식이 심하다. 궁금한 게 많아서 자신의 궁금증을 해소하는 도구로 책을 사용한다. 주로 지식 책, 그중에서도 관심 있는 건축이나 자동차 관련 책만 몇 번이고 반복해서 읽는 편이다.

둘째에게 책은 정서적인 도구라기보다 지식 습득 도구에 가까워 보인다. 그래서인지 엄마나 형이 읽어 줄 때까지 기다리는 게 답답한 모양이었다. 궁금한 걸 빨리 알고 싶은 둘째는 4살부터 글자에 관심을 갖더니 5살 초반에는 혼자 책을 읽기 시작했다. 가르칠 때까지 절대 읽지 않았던 첫째를 키우다가 이런 둘째를 보니 어찌나 신기했는지 금방 글자를 쓰기 시작할 거라고 착각했다.

그런데 웬걸? 7살이 막 된 지금도 이름 석 자를 겨우 쓴다. 자꾸 이것저것 써달라고 하는 게 귀찮아서 한글 쓰기 연습을 하자고 했더니 싫다며 도망다닌다. 학교 들어갈 때가 되어야 쓰려나 보다. (꿈이는 '글을 빨리 읽은 아이는 글도 빨리 쓴다'는 편견을 깨주었다.)

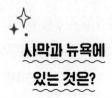

# 사막과 뉴욕에
# 있는 것은?

아직 한글을 읽지 못하던 첫째 축복이(당시 5살)의 이야기다. 그날도 함께 동화책을 읽는 중이었다. 책 제목은 정확히 기억나지 않는다. 하지만 그날 책을 읽다가 아이가 이렇게 물었던 걸 보면 배경이 사막인 건 분명하다.

"엄마, 사막에는 누가 살지? 선인장이랑 도마뱀 말고 '사'로 시작하는 거."

"사막? 글쎄. 누가 살까? 선인장도 아니고 도마뱀도 아니라면, 혹시 어린 왕자?" 얼마 전 봤던 어린 왕자 이야긴가 해서 물었더니 단호하게, "아니야."

"음, 그럼 혹시 사막여우?"

"아니야."

"그럼 누군데?"

"에이, 그것도 몰라? 사막에는 사마귀가 살지."

아하, 그렇구나. 사막에는 사마귀가 사는구나. 글자 '사막'과 '사마귀'는 분명 다른데, 듣기에 사막과 사마귀는 너무 비슷한 것. 글자를 읽지 못하는 아이에게는, 사마귀가 당연히 사막에 사는 친구였던 거다. 그러지 않고서야 '사막이'라고 부를 이유가 무얼까 했겠지. 같은 걸 듣고도 우리는 다른 생각을 한다. 딱 서른 살 차이 나는 나와 아들의 거리.

비슷한 에피소드가 하나 더 있다. 부산 외갓집에 다녀온 어느 날, 아이가 자꾸 부산에서 '자루 엔진'을 봤다고 하는 것 아닌가. 도대체 자루 엔진이 뭐란 말인가. 아이도 엄마도 답답한데 알 길이 없었다.

"축복아, 자루 엔진 어디서 본 거야? 거기 주변에 뭐가 있었는지 알려줘봐."

"거기 있잖아. 거기. 토마스 기차도 있고 에펠탑도 있고."

아이가 설명하는 것은 디오라마 전시장에 있던 것이었다. 그중 세계 랜드마크 사이를 토마스 기차가 돌아다니던 곳이다. 얼른 사진을 찾아 보여줬더니, 그게 맞단다. 3일 만에 미스터리가 풀렸다. '자루 엔진'이라 불린 랜드마크가 뭔지 혹시 눈치챘는가? 그렇다.

그건 바로 '자유의 여신상'이었다.

5살 아이의 입으로 '자유의 여신상'을 두루뭉술하게 발음하면 '자루 엔진'이 되는 것 같기도 하고…. 하여튼 5살 축복이의 세계 속엔, 사막에는 사마귀가, 뉴욕에는 자루엔진이 산다.

# 자기 부상 매트

아들 둘 엄마인 내가 제일 많이 하는 말은 "걸.어.서"이다. 집이 복도형 구조인데, 기다란 복도가 달리기 욕구를 자극하는 건지 화장실 갈 때마다 자꾸 뛴다. 실제로는 아이들이 뛰기보다는 같은 자리에서 노는 걸 즐기는 편인데, 이동할 때는 왜 그렇게 마음이 급해지는지 모르겠다.

그러다가 방학을 맞아 아무리 뛰어도 아무도 뭐라고 하지 않는 단층집에다 푸른 마당까지 있는 시골 외갓집에 다녀왔다. 그곳에서 마음껏 뛰어도 되는 호사를 누리다 우리 집으로 복귀하고 며칠 뒤였다. 거실에서 놀다가 흥분한 아이들이 또 쿵쿵거렸다. 안 된다고, 그러면 아랫집이 시끄럽다고 했더니 첫째가 여기 매트 다 깔려 있으니까 이 정도는 괜찮지 않냐고 묻는다.

"그래. 엄마도 옛날엔 그런 줄 알았지. 아니래. 매트가 있어도 어느 정도 줄어들기만 하는 거야. 그러니까 매트가 있어도 뛰는 건 안 돼. 잘봐. 여기 매트 바닥이 우리 집 바닥에 붙어 있잖아. 뛰는 소리가 약간은 매트에 흡수되지만, 나머지는 바닥으로 전달되는 거야. 그러니까 조심하자."

"아, 그럼 자기 부상 매트가 있으면 좋겠다. 자기 부상 열차처럼 아주 조금 바닥에서 떠 있는 매트인 거야. 그러면 아랫집이 안 시끄럽잖아. 혹시 그런 매트는 없을까?"


'이얏, 자기부상매트라니. 참신한 걸. 근데 그런 게 가능할까? 매트는 푹신한 소재인데 이게 떠 있으면 위험하지 않나? 무엇보다 비싼 기술을 층간소음 방지매트 따위에 쓸 순 없지 않겠어?' 이런 생각이 머릿속을 지배했지만 쑤욱 넣어두고 말했다.

"오오, 자기 부상 매트. 그거 좋은 생각이다. 지금은 없을걸? 자기 부상 기술을 매트에 적용하기는 쉽지 않겠지만, 아무도 모르지. 미래에는 그런 게 나올지도. 관심 있으면 축복이가 공부해서 직접 만들어 볼 수도 있고."

우리 세대 대부분이 그렇듯, 나는 세상에 정답이 있다고 배우며 자랐다. 목표한 대학에 가고 취직을 하고, 얼마든지 넓게 세상을 볼 수 있는 좋은 환경에 있으면서도 둘러볼 줄 몰랐다. 정답이라 말하는 그것만 바라보는 데도 시간이 모자랐으니까. 그런 내가 얼마나 편협했는지 알게 된 건 아이러니하게도 회사를 그만두고 눈앞의 목표가 사라진 그때였다.

예전의 나라면 아이에게도 그런 건 없다고 말하고 말았을지 모른다. 하지만 지금 나는 모든 가능성을 믿는다. 나라는 사람이 세상에 대해 아는 건 극히 일부에 지나지 않고, 배움이 만든 편견과 왜곡이 많다는 걸 기억하려고 노력한다.

편견도 없고 왜곡도 없는 아이들은 더 투명하게 세상을 볼 수 있지 않을까? 그러니 내 생각만으로 불가능을 말하는 건 위험한 것 아닐까? 엄마 생각에는 불가능한 일일지라도, 사실은 가능할지도 모른다고, 너희는 어떤 것이든 가능으로 만들 수 있을 거라고, 그러니 무엇이든 상상하라고, 이런 사소한 순간에도 말해 주고 싶다.

요즘 나는 나에게도 똑같은 말을 한다. 박완서 선생님은 마흔에 글쓰기를 시작했다. 그러니 마흔의 나에게도 무궁무진한 가능성이 있다고 믿기로 했다.

**아이에게**
**받습니다**

한 방향으로만 흐르는 줄 알았던 사랑이 아이의
온기를 머금고 나에게 되돌아올 때 나의 세상은
포근해진다. 어쩌면 엄마를 향한 아이의 사랑이
반대의 것보다 더 클지도 모른다. 내가 나를 더
사랑할 수 있게 도와준 아이의 무한한 사랑.

## 뽀뽀의 힘

나는 시도 때도 없이 마구마구 뽀뽀하는 엄마다. 아이가 커서 엄마한테 이제 뽀뽀하지 말라고 할까봐 그전에 잔뜩 해줘야지 생각한다. 뽀뽀를 하도 하다 보니, 내가 입만 내밀어도 자동 뽀뽀를 실시하는 아이들. 엄마가 쉽게 포기하지 않는 걸 아니까, 다른 걸 하다가도 얼른 뽀뽀하고 하던 일로 돌아간다. 그게 엄마의 뽀뽀 공격을 해결하는 제일 좋은 방법이니까.

물론 나만 그러는 게 아니다. 아이들도 종종 나에게 뽀뽀해 달라 요청한다. 뽀뽀가 일상화된 모자지간이지만 내가 뽀뽀하는 게 9할 정도인지라, 뽀뽀 요청을 받는 날에는 특히 감동받곤 한다. 그런데 기분 좋게 뽀뽀하려다가 '아차' 싶었다.

때는 2020년 여름, 코로나 공포가 엄청나던 시기였다. 혹시 나

뻔 병균이 있을지도 모르니까 오늘은 볼에다가 뽀뽀하자 했더니 아이가 아쉬운 표정을 지으며 그냥 입뽀뽀하면 안 되냐고 묻는다. 그래. 사실 의미 없지. 낮에도 여러 번 뽀뽀했는데 말이다. 이제 곧 뽀뽀가 싫어지는 나이가 오는 게 아닐까 걱정인 나는 이 기회에 또 한 번 물었다.

"축복이도 엄마랑 뽀뽀하는 거 좋아?"
"응. 난 그럴 때 뭐든지 할 수 있을 것 같은 기분이 들어."

이렇게 감동적인 대답이라니. 뭉클한 기분에 몇 번을 되묻고 "그렇구나"하며 맘껏 감동을 느꼈다. 내가 전하고 싶었던 사랑과 따뜻함이 진짜로 전해졌구나 싶어서 마음이 몽실거린다. 이렇게 문득문득 감동을 던지는 아들 덕분에 나는 오늘도 엄마로 살아갈 힘을 얻는다. 다행히 11살인 지금도 여전히 아들은 뽀뽀를 좋아한다. 덕분에 엄마는 몇 년째 뽀뽀 저축을 잔뜩 하고 있다.

"고마워. 아들. 엄마 아들로 태어나줘서."

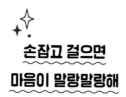

# 손잡고 걸으면
# 마음이 말랑말랑해

형이 학원 간 사이에 6살 꿈이와 도서관에 다녀오기로 했다. 흐르는 물길, 초록의 나무들 사이 산책길을 손잡고 걸으니 마음이 말랑말랑해졌다.

'얘가 언제 이렇게 컸지? 손도 많이 커졌네. 이렇게 잡고 걸으니 꼭 아들이랑 데이트하는 것 같아.'

혼자 이런 생각을 하고 있는데 꿈이가 말한다.

"엄마, 이렇게 둘이 걸으니까 우리 꼭 부부 같아."

"그래? 근데 왜 그렇게 생각했어?"

6살 남자아이에게 낭만적인 답변을 기대하며 나는 굳이 "왜"를 묻고 말았다.

"왜냐면 엄마는 여자고 나는 남자니까."

"아, 그렇지. 맞네, 맞아."

이모랑 걸어도, 할머니랑 걸어도 부부 같겠구나. 혹시 유치원 친구랑 손잡고 산책할 때도 부부 같다고 생각하는 거니? 뭐. 크게 상관없어. 지금 이 순간 우리가 잡은 손이 이렇게 말랑말랑 따뜻하니까.

언젠가는 엄마 대신 여자 친구의 손을 잡고 걸으며 사랑을 속삭이기도 하겠지? 그때 미련 없이 너의 손 내어줄 수 있게 오늘은 엄마가 힘껏 잡을게.

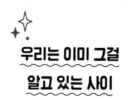

# 우리는 이미 그걸
# 알고 있는 사이

독서 모임에서 <최성애 박사의 행복수업>이라는 책을 읽기로 했다. 행복한 부부관계와 가정을 위한 가트맨식 부부 감정코칭에 대해 다루는 책이었다. 상담을 전공한 멤버가 이 책을 선정했고 발제문에서 이런 질문을 했다.

'언제 가족들에게 사랑받는다는 생각이 드나요?'

이 질문을 보고 제일 궁금한 건 꿈이의 대답이었다. 과연 진지하게 대답은 해줄까? 의심스런 마음으로 물었다.

"꿈이는 언제 엄마가 꿈이를 사랑한다고 느껴?"

"엄마가 나를 볼 때."

응? 무언가를 할 때가 아니라 볼 때? 예상 밖의 대답이었다.

"엄마 눈 보면 딱 '엄마가 나를 사랑하는구나' 하는 생각이 들어?"

"응. 근데 엄마가 날 사랑한다는 건 이미 알고 있으니까 꼭 볼 때 아니라도 항상 느껴."

세상에는 아무리 흘려보내 주어도 그저 흐르기만 할 뿐 닿지 않는 마음들이 많다. 엄마가 되면서 결심한 게 있다.

아이에게는 내 사랑에 대한 보상을 기대하지 말 것.

아이는 우리 부부가 낳고 싶어서 낳은 거지 아이가 태어나게 해 달라고 부탁한 적이 없다. 그러니 내가 낳았다는 이유만으로 무언가를 기대하는 건 어불성설이다. 내가 아이를 위해 하는 일일지라도 아이는 그렇게 생각하지 않을 수 있다는 것도 명심하기로 했다. 내 선택에 대한 책임은 나에게 있는 것이니 아이에게 생색내지는 말자고 생각했다. 회사를 그만둘 때 남편에게 이런 말을 했었다.

"내가 육아를 위해 회사를 그만뒀다고 해서 아이가 그걸 알아줘야 한다고 생각하지 않아. 아이는 나한테 그만두라고 말한 적 없거든. 그런데 누군가는 이 멋진 회사에서 당당히 일하던 나를 기억해 줬으면 좋겠어. 그걸 그만둔 용기를 인정도 해줬으면 좋겠어. 그러니 오빠가 기억해 줘. 시간이 지나서 엄마로만 사는 내 모습이 훨씬 익숙해지더라도 지금의 나를 잊지 말아줘."

그런데 이런 날 나는 알게 된다. 돌아오지 않아도 얻게 되는 것들이 있다는 걸. 내 마음이 그저 흘러가 버리지 않고 아이에게 닿았다는 것만으로도 행복한 날이 있다는 걸.

## 사랑은
## 백 퍼센트야

나는 평소 체온이 높은 편이다. 그렇다 보니 코로나가 아니라는 걸 증명하기 위해 코로나 검사를 받아야 하는 일이 종종 있었다. 처음으로 PCR 검사를 하고 결과를 받은 날이었다. 엄마 검사 결과가 음성이라고 하니 궁금해졌는지 축복이가 물었다.

"엄마, 코로나 검사는 백 퍼센트 정확해?"

"거의 정확하지만 사실 뭐든 백 퍼센트는 없어. 조금은 틀릴 가능성도 있어."

"아니야. 엄마. 백 퍼센트도 있어."

"뭔데?"

"사랑. 엄마랑 축복이랑 아빠랑 꿈이랑 다 사랑하잖아. 사랑은 백 퍼센트야."

어디에서 이렇게 사랑스러운 아이가 왔을까?

문득 <아이들은>이라는 동요가 생각났다. 그 동요는 "세상이 밝은 건 집집마다 어린 해가 자라고 있어서"라고 노래한다. 어린 해는 우리 집에만 있는 게 아닐 테지. 집집마다 이렇게 사랑스러운 해가 자라고 있을 테지. 일단 나는 우리 집 해에게 먼저 사랑을 전한다. 아이의 말이 내 마음에 들어와 사랑의 물결이 되어 흘러 넘쳐버렸으니까.

어쩌면 세상에는 백 퍼센트 이상이 있는지도 모른다.

## 엄만 절대
## 안 예뻐지지 않을 거야

아이에게 보내는 사랑은 제대로 흘러 닿기만 해도 다행이라고 생각한 적이 있다. 그런데 사실 아이를 향한 내 마음은 자주 다시 나에게로 돌아온다. 아이도 시시때때로 사랑을 표현한다. 이렇게나 다양한 언어로.

**8살, 축복이**

"축복이는 엄마가 왜 좋아?"

"엄마 눈이 초롱초롱해서. 엄마 눈에 축복이가 보여."

사실 나도 안다. 엄마를 좋아하는 데 무슨 이유가 있겠는가. 자꾸 묻는 엄마를 위해 마련한 답변이 얼마나 예쁜지, 축복이 눈도 초롱초롱하다고 말해 줬다. 그랬더니 자기 눈에도 엄마가 보이냐고 묻는다.

축복이 눈이 얼마나 초롱초롱한지 사진으로 찍어 보여주겠다고 했더니 큰 눈을 더 크게 뜨는 아들이다. 아쉽게도 사진에는 축복이 눈에 비친 엄마가 보이지는 않지만 우리는 안다. 서로의 눈에 서로가 있다는 걸.

### 4살, 꿈이

아침에 일어나라고 방문을 열었더니 일어나는 대신 자기 옆에 누우라고 하는 아이. 그래서 옆에 가만히 누웠는데 해맑게 웃는 게 너무 예쁘다. 사진 찍으면 한창 피하는 시기였는데 왠일로 카메라를 들이밀어도 예쁘게 웃어준다.

"우리 꿈이는 왜 이렇게 사랑스러워?"

"응. 알아. 근데 엄마도 사랑스러워."

쿨하게 자기가 사랑스럽다는 걸 안다고 답하는 아이. 엄마도 사랑스럽다고 스윗하게 말해 주는 아이. 이럴 때 생각한다. 이건 내가 선택한 행복이라고. 물론 항상 그런 건 아니다.

"엄마가 더 좋아? 젤리가 더 좋아?"

"둘 다"

"엄마는 꿈이가 더 좋은데?" 징징거려봐도 단호한 대답이 돌아온다.

"나는 둘 다 좋아. 둘. 다."

꿋꿋한 아들내미. 그래도 더 어릴 땐 엄마보다 젤리가 좋았는데, 이번엔 같은 선에 세워줬으니 만족하기로.

## 5살, 꿈이

왜일까? 무슨 대답을 할 줄 알면서도 자꾸 묻게 되는 건 아마 대답하는 그 입술이 너무 예뻐서가 아닌가 생각해 본다. 자꾸 물어서 귀찮겠다 싶으면서도 또 묻는다. 유독 꿈이에게 더 묻게 되는 건 장난꾸러기 꿈이어서다. 그런 꿈이의 반전 대답은 왠지 더 몽글몽글하다.

"꿈이는 엄마가 왜 좋아?"

그럴 때마다 답은 같다. "그냥" 또는 "예뻐서". 이것 참 자기 아빠랑 똑같네. 아무리 들어도 의미 없는 대답이라 남편한테도 매번 불만인데, 5살 아들내미가 똑같은 답을 한다. 그래서 이렇게 물었다. 남편에게는 유치해서 묻지 못했지만, 아들한테는 물을 수 있는 질문

"그럼 엄마가 안 예뻐지면 안 좋아할 거야?"

"응."

엄마 안 예뻐지면 안 좋아할 거라고? 망설이지도 않고 그렇다니. 충격에 휩싸여 되물었다.

"으음. 그래? 진짜?"

그랬더니 그의 대답이 걸작이다. 세상 제일 부끄러운 표정으로 목을 한껏 움츠리고 몸은 배배 꼬면서, 모기만 한 목소리로 툭 꺼내 놓은 한마디,

"근데 엄만 절대 안 예뻐지지 않을 거야."

## 찰싹 공격

엄마 아빠와 찰싹 붙어 있는 걸 좋아하는 꿈이. 엄마든 아빠든 형아든, 누구든 꿈이의 레이더에 포착되면 찰싹 공격을 피할 수 없다. 더위에 약한 아빠가 아무리 좀 떨어져 달라고 부탁해도 아랑곳하지 않는다. 참다못한 아빠가 화를 내도 마찬가지다. 버럭 하는 아빠가 무서울만도 한데 헤헤거리며 더 찰싹 붙을 뿐이다.

"꿈아, 아빠가 싫다는데 왜 자꾸 아빠한테 붙어?" 그러면 당당한 목소리로, "아빠가 좋으니까."

스킨십이 중요한 아이여서인지 바빠서 함께하는 시간이 줄어들면 바로 표가 났다. 매거진 창간으로 바쁘던 때도 그랬다. 외출하거나 컴퓨터 앞에서 작업하는 시간이 늘고, 같이 뒹굴거리는 시간은 줄었다. 그래서인지 집에 있는 시간이면 꿈이는 자꾸 엄마 옆에 붙어 있으려 했다. 성능 좋은 자석처럼 찰싹. 그럴 때면 이런 말이 절로 나온다.

"너 자석이야?"

그 말을 듣고 헤헤 웃던 꿈이는 더 자석 같아지려고 애썼다. 더더욱 찰싹 붙어서. 그러더니 불쑥 건넨 한마디. (오. 그리고 보니 이번에는 내가 먼저 묻지 않았다.)

"엄마, 사실은 엄마가 그냥 좋은 건 아니고 뽀뽀할 때 간지럽고 까칠까칠하지 않아서 좋은 거야."

아빠의 뽀뽀는 따끔따끔하다고 불만을 표하더니, 엄마를 좋아할 명확한 이유가 하나 생겼나 보다.

"아빠, 뽀뽀할 땐 면도부터 합시다."

이 말을 듣고 허허 웃는 아빠는 사실 안다. 뽀뽀할 때 간지럽고 까칠까칠하다는 꿈이가, 분명 다른 곳에서 아빠를 좋아할 이유를 찾아내리라는 걸.


매일매일 새롭게 찾아내는, 좋아하는 이유들이 삶에 온기를 더한다. 모든 것이 완벽해서가 아니다. 찾아보면 어느 구석에는 좋아할 이유가 있으니까, 그저 허허 웃을 수 있다.

# 이거
## 엄마 스타일이야

꿈이가 태어나기 전이니까 아마 축복이 4살쯤, 축복이 앞에서 새로 산 옷을 입어본 적이 있다. 특별히 아이 앞에 자리를 잡고 입어봤다기보다 택배가 왔으니 풀어서 거울 앞에서 입어본 건데, 아이는 언제나처럼 방으로 따라 들어와 보고 있었던 것이다. 프린트가 마음에 들어서 구매했지만, 어두운 카키색이라 나에게 어울릴까 걱정했던 티셔츠를 제일 먼저 꺼내 입었다. 괜찮은 거 같기도 하고, 아닌 거 같기도 하고.

거울 속에 비친 나를 보며 고민하고 있는데 지금 입은 건 엄마 스타일이 아니라면서 핑크색 티셔츠를 내미는 것 아닌가. 뭐라고? 엄마 스타일? 아이 목소리로 들으니 왠지 생경하게만 느껴지는 단어, 스타일. 건네준 핑크 티셔츠를 입었더니 이번에도 스타일을 들먹인다.

"이게 엄마 스타일이네."

나는 원래 핑크색 상의를 좋아한다. 특히 코랄 톤이 도는 핑크는 나에게 제일 잘 어울리는 색. 옷장 안의 모든 옷이 핑크는 아니지만, 예뻐 보이고 싶은 날 꺼내 입는 옷은 거의 핑크다. 그날 아이가 핑크색 티셔츠를 들고 엄마 스타일이라고 말했을 땐 여러 가지로 놀랐다.

첫 번째는 단어 선택. '그간 내가 스타일이라는 단어를 자주 사용했구나.' 새삼 깨달았다. 두 번째는 아이도 엄마를 유심히 보고 있다는 사실. 진짜로 엄마에게 핑크색이 어울린다고 판단한 건지, 엄마가 자주 입어서 익숙해진 건지는 알 수 없다. 확실한 건 어찌 됐든 그게 엄마 스타일이라는 걸 간파하고 있었다는 거다. 스타일이라는 단어가 주는 귀여움, 시간이 지나 잊힌 그 귀여움을 4살의 꿈이가 다시 상기시켰다.

바쁜데 아프기까지 했던 어느 날, 점심으로 치킨을 주문했다. 아이들 먹으라고 차려주고 방에서 일하고 있었는데 꿈이가 달려왔다.

"엄마, 감자튀김을 치킨 소스에 찍어 먹으면 무척 맛있어. 얼른 엄마도 그렇게 먹어봐. 딱 엄마 스타일이야."

'무척'이라니. 정말 강조하고 싶었나 보다. 엄마에게도 먹으라고 권하는 말이 고마워 식탁으로 갔더니 직접 시범을 보이며 말한다.

"이렇게 찍어 먹으면 5분 만에 맛있어져."

이번 강조 표현은 '5분 만에'이다. 정말 맛있다는 걸 정확하게 표현하고 싶은 마음이 귀엽다. 아이 덕분에 일하던 손을 멈추고 함께 배를 채운다.

사랑하는 마음은 상대를 향한 관심을 통해 표현된다.

언제나 아이의 스타일을 찾는 건 엄마뿐일 줄 알았다. 그런데 이제 안다. 아이들 마음속의 사랑 주머니는 더 크다는 걸. 그저 표현이 서툴 뿐이라는 걸. 아이들도 흘러가는 시간 속에서 엄마를 떠올린다. 그리고 생각한다.

'오, 이거 엄마 스타일인데.'

# 젤리를
# 양보하는 마음

남편은 종종 퇴근길에 아이들 간식을 가져온다. 소소한 주전부리들인데, 뭘 가지고 올까 기대하는 게 아이들의 작은 행복이다.

"오늘은 뭘까?"

기다리던 아이들에게 건네진 그날의 간식은 젤리였다. 안에 과즙이 들어 있는 포도맛 젤리. 미니 사이즈로 나온 듯, 몇 개나 들어 있을까 싶은 작은 봉지였다. 그걸 두 아이에게 하나씩 나눠줬고, 그 자리에서 바로 뜯어 먹기 시작했다. 간식을 그다지 좋아하는 편은 아니지만 맛있게 먹는 아이들을 보니 처음 보는 젤리 맛이 궁금해져 슬쩍 말해 봤다.

"엄마, 하나 줄 사람?"

역시나. 예상대로 꿈이는 몸을 배배 꼬며 고민하고, 축복이는 선뜻 하나 내민다. 먹어보니 꽤 맛있다. "엄마, 하나만 더 줘" 그랬더니 이번에도 마찬가지. 꿈이는 제 것 가져갈까봐 얼른 도망가고 축복이는 하나 더 내민다.

좀 있으니 축복이가 봉지 안을 살피더니 젤리를 하나 더 내밀면서 혹시 더 먹고 싶은지 물었다. 마침 맛있다고 생각하던 차라 고맙게 젤리를 받았다.

"근데 엄마, 이건 여섯 개밖에 안 들어 있어."

"진짜?"

아이가 나에게 꺼내준 건 마지막 하나 남은 젤리였던 것이다. 봉지가 작긴 했지만 그렇게 적게 들었을 줄은 몰랐다. 축복이더러 먹으라고 했더니 아이는 괜찮다고 말했다. 엄마가 무언가를 맛있다고 말하는 건 드문 경우니 마지막 하나도 엄마에게 주고 싶다는 말을 덧붙인다.

그러면서 수줍은 듯 헤헤 웃는다. 아마 스스로도 엄마에게 양보한 자신이 뿌듯했던 거겠지. 엄마가 좋아하는 모습에 함께 기분이 좋아지기도 했겠지.

축복이가 10살이 되면서부터는 이제 사춘기의 시작인가 싶은 날이 종종 있다. 전에 비해 주장이 강해졌다. 어떤 날은 혼자만의 시간이 필요하다며 문 닫고 들어가기도 한다. 어릴 때는 안아만 줘도 스르륵 풀리던 마음의 문이 좀 더 단단해졌다.

"축복이 속상한 것 같아 안아주러 왔어" 해도,

"지금은 싫으니 혼자 있게 해줘"라고 말하는 아이.

어쩔 수 없는 사춘기의 문 앞에서 불안한 날들도 있다. 하지만 그만큼 사랑하는 방식도 다양해져 간다고 느낀다. 먹는 일에 관심이 없는 엄마가 맛있다며 하나 더 달라고 하니 축복이는 흔치 않은 이 순간을 놓치지 않는다. 본인도 맛있게 먹은 젤리를 반이나 양보하는 아들의 마음이 또 한번 행복으로 다가온다.

오늘을 꼭 기억해 둬야지. 세상에 변하지 않는 것은 없지만 이런 행복의 순간이 있었다는 사실만큼은 변하지 않을 테니까.

## 온몸으로
## 반겨주는 너

친정 부모님이 고향에 집을 지었다. 어느 모서리 하나 그냥 두지 못하는 친정엄마 성격 탓에 갈 때마다 예뻐지는 집을 만난다. 이번 여름에도 시골집에 온 가족이 모였다. 그사이 담 아래로 색색의 꽃들이 새로 자리 잡았다. 아이들은 하나하나 들여다보고 이름을 묻고 물을 주면서 생생한 친구들과 교감했다.

무더운 여름의 중간, 딱 그 시기에 시골집을 찾은 이유는 하나 더 있다. 바로 데크 위의 수영장 때문이다. 이건 시골집이 완성되자마자 우리가 보낸 이동식 수영장이다. 도착하자마자 창고에서 꺼내와 바람을 넣고 물을 채웠다. 이제 그곳은 마음껏 뛰어도 되는 거실이고, 풍덩 뛰어들었다 나왔다 내맘대로 해도 되는 수영장이며, 젖은 몸으로 돌아다니며 꽃과 잔디에 물을 나눠도 되는 경계 없이 자유로운 곳이 된다. 여기서만큼은 도시의 아파트 17층에 살며 매일 '걸어다녀라' 잔소리하는 미안함을 접어두어도 된다. 시골에 굳이 집을 짓냐며 투덜거렸던 큰딸인 내가 가장 큰 수혜자가 되었다.

사실 아이들이 처음 할머니 할아버지의 시골집과 사랑에 빠진 건 다른 이유 때문이었다. 아이들은 그곳의 매력을 집 밖에서 찾았다. 할아버지 친구인 동네 이장님 댁에 있는 사랑스러운 개 옥동이가 아이들의 마음을 사로잡았던 것. 시골집의 넓은 마당을 뛰어다니는 붙임성 좋은 그 친구는 아이들이 올 때마다 온몸으로 반겼다. 아이들은 시도 때도 없이 이장님 댁 마당에 친구를 만나러 가는 것으로 화답했다.

처음 시골집에 내려갔다가 올라오던 날 짐을 싸고 있는데 축복이가 눈물이 그렁그렁해서는 다가왔다. 꼭 안아줬더니 꺼이꺼이 울음이 자꾸 커진다.

"왜 그래?"

"엄마. 나 옥동이 때문에 너무 슬퍼."

"옥동이가 왜?"

"이제 집에 가면 옥동이 못 보잖아. 옥동이를 못 보니까 슬퍼."

원래부터 동물을 좋아하는 아들이지만 이렇게 금방 정을 붙이고 눈물까지 보일 줄은 몰랐다. 그렇다고 더 머물 수는 없는 일.

"그럼 이렇게 엄마한테 안겨서 우는 시간에 얼른 가서 옥동이 한

번 더 보고 와. 떠나면 못 보니까 볼 수 있을 때 최대한 많이 봐 둬야지."

짐을 다 싸고 나서는 길, 이장님 댁 앞에서 차창을 내렸더니 옥동이는 팔짝팔짝 뛰면서 인사하고 축복이는 또 눈물을 흘렸다. 결국 한 달도 되지 않아 편도 4시간이 넘는 거리의 시골집에 또 방문했다. 할아버지 집에 들어가기도 전에 이장님 댁 마당으로 먼저 달려간 아이는 옥동이와 두 손을 마주 잡고 반가운 인사를 했다.

아이들이 시골을 사랑하게 만든 옥동이는 슬프게도 교통사고로 하늘나라에 갔다. 아이들을 반갑게 맞아주던 모습이 눈에 선해서 이제는 내가 먼저 눈물이 나는 고마운 친구. 지금도 여전히 아이들이 동네 할아버지를 만나러 뛰어갈 수 있는 건 옥동이 덕분이 아닌가 생각한다.

# 혹시
## 현금 결제되나요?

이번에도 할아버지를 따라 이장님 댁에 갔던 아이들이 용돈을 받아 돌아왔다. 웬 돈이냐고 했더니, 이장님 댁에 놀러 온 할아버지 친구가 주었다고 한다. 언제나처럼 축복이는 소중한 3만 원을 엄마에게 맡겼고, 꿈이는 너무나 소중해서 엄마에게는 맡길 수 없단다. 색종이를 꺼내 지갑을 만들어 스티커를 붙여 꾸미고 그 안에 3만 원을 넣더니 애지중지 들고 다녔다.

'이번에도 몇 날 며칠 저 지갑을 끼고 다니겠군.'

평소의 꿈이라면 그럴 거라 생각했다. 그런데 다음날 시골집을 떠나 부산으로 가는데 내 옆으로 슬쩍 오더니 말했다.

"엄마, 혹시 필요한 거 없어? 내가 사줄게."

손에 지갑을 꼭 쥐고 자기는 3만 원이나 있으니 엄마가 필요한 걸 사줄 수 있단다. 그래? 그렇다면 누군가에게 선물하는 기쁨을 내가 빼앗을 순 없지. 진지하게 무엇을 사달라고 할까 고민하기 시작했다.

"그럼 나중에 엄마 커피 한 잔 사 줘."

커피 한 잔 값은 5천 원 전후. 그 정도면 아이에게 얻어먹기 딱 적당하지 않은가. 그런데 평소에는 여기저기 보이던 카페가 이럴 땐 왜 보이지 않는지. 좀처럼 적당한 카페를 못 찾고 하루가 지났다. 엄마에게 빨리 커피를 사주고 싶은데 사주지 못해 안달이 난 아이는 뾰로통해졌다.

"엄마, 지금 커피 마실까?"

1분에 백만 번씩 묻는 느낌. 드디어 다음날 아점을 먹은 직후, 부산 신상 핫플에서 말차라떼 집을 발견했다.

"꿈이야, 엄마 이거 한 잔 사 줘. 이거 6천 원인데 괜찮겠어?"

"응. 얼른 먹자."

아이는 주문하는 내 옆에 수줍게 섰다.

"계산은 이걸로 해주세요."

아이가 수줍게 내민 만 원짜리 한 장. 그런데 이럴 수가.

"죄송합니다. 여기는 현금 없는 매장이에요. 카드 계산만 됩니다."

이번에도 엄마 음료 한 잔을 사주는 데 실패했다. 그리고 나는 아이의 보챔에서 벗어나는 데 실패했다. 얼른 뭐라도 한잔 더 마셔야 한다. 오후에 들른 가게에서 여전히 배가 부르지만 애써 음료를 하나를 고른 후, 현금 결제가 가능한지 물었다.

'가게에 와서 현금 결제가 가능하냐니. 그런 당연한 걸 왜 묻지?' 하는 표정으로 점원이 대답한다. 그렇지. 현금 결제가 전혀 안 되는 매장은 드물지. 우리가 하필이면 그 드문 곳에 들렀던 거다. 드디어 꿈이는 나에게 토피넛 라떼 한 잔을 선물하는 데 성공했다. 진짜 맛있다는 한마디에 싱글벙글.

"나 이것보다 더 비싼 것도 사줄 수 있는데. 이것 봐 아직 2만 원 넘게 남았어."

아이는 이만큼 더 자랐다. 선물은 10살 형만 할 수 있는 게 아니었다. 꿈이는 형과 달리 자기 것을 꽁꽁 챙기기만 하는 아이였던 게 아니다. 자랄 시간이 필요했을 뿐이다. 물론 완전 반대의 성향을 타고나기는 했지만, 그래서 표현 방식도 시기도 다르지만, 이 아이도 어느 날 알게 된 거다. 누군가에게 선물하면서 얻는 즐거움을 말이다.

이상하다. 아이들은 언제나 나보다 빨리 자란다. 덕분에 오늘 나도 한 뼘 자란다. 세상에 원래 그런 건 없다. 어제의 네가 그랬으니 오늘의 너도 그럴 거라고 단정짓는 마음을 내려놓는다.

## 힘들지 않아?

 

엄마가 운전을 못 하는 덕분에 또래보다 걷는 데 익숙한 아이들과 자주 산책을 나간다. 꿈이 돌 무렵까지 살았던 예전 집 앞에 있던 탄천은 아이들이 어릴 때부터 나의 성실한 육아메이트였다. 지루할 때면 아이를 데리고 탄천에 갔다. 나비 날개를 달고 "나비야 나비야"를 부르는 아이와 함께 웃으며 걸었다.

한번은 막 3살이 된 첫째와 집과 마트 중간쯤에서 돌다리를 밟으며 놀다가 갑자기 힘을 줘서 당황한 적도 있다. 진짜로 응아를 해버려서 유모차에 앉히지도 못하고 엉덩이 받치고 안지도 못한 엉거주춤한 자세로 양쪽을 돌아보며 어디가 더 빠를까 셈을 하다가 마트로 뛰었던 기억이 생생하다. 하지만 대부분은 기억에 오래 남지도 못한 평범한 시간이다. 그럼에도 불구하고 그 시기의 탄천은 무엇을 할까 막

막한 시절에 손을 내밀어준 친구 같은 느낌이다.

둘째가 5살이 되던 해 봄. 분명 봄인데 왜인지 찬 기운이 돌아 점퍼를 겹쳐 입고 나갔던 날, 오랜만에 가족들과 그곳에 갔다. 지금 사는 집 앞에도 천이 있지만 규모가 달라 걷는 기분도 다르다. 오랜 친구를 만난 듯 경쾌한 기분으로 그곳에 살던 때의 이야기를 아이에게 했다. 축복이는 어렴풋이 기억하고, 꿈이 기억에는 전혀 없는 날들에 대한 이야기. 한참을 걷다 보니 점점 더워졌고, 꿈이가 너무 덥다며 점퍼를 벗었다.

"그럼 엄마 줘. 엄마가 들고 갈게."

받아 들고 아이 뒤를 따라 걷는데 앞서갔던 아이가 돌아보더니 나에게 돌아온다.

"엄마, 그거 들고 가려면 힘들지 않아? 허리에 묶어 줘."

벗어든 옷을 허리에 묶는 건 내가 평소에 애용하는 방법이다. 보기에는 별로여도 손이 자유로워 좋다. 하지만 아이 옷은 내 허리에 묶기에는 너무 작아서 그냥 손에 들고 있었는데, 이런 나를 봤던 것이다. 허리에 묶어줬더니 다시 휘릭 앞서가는 꿈이. 이런 순간에 어찌 감동하지 않을 수 있을까. 이렇게 감동한다는 건 평소에 이런 모습을 자주 보여주지 않는다는 증거이기도 하지만 그럼 어떤가. 오늘의 감동은 오늘 즐기면 되는 걸.

'이야. 우리 꿈이. 엄마 힘들다는 생각도 하고, 다 컸구나.'

# 메모는
## 사랑을 싣고

아이가 한글 읽기에 이어, 쓰기까지 떼고 나니 좋은 점이 있었다. 아이와 메모를 주고받을 수 있게 된 것이다. 아이가 글을 읽을 줄 알게 되니 사랑 고백을 메모로 한번 해볼까 하는 생각이 들었다.

어느 날 아침 유치원 식판을 챙기다가 포스트잇 한 장 붙여 "축복아, 사랑해!!"라고 적었다. '점심 때 식판 꺼내면 메모를 발견하고 좋아하겠지?' 생각했는데, 막상 하원하고 와서도 별 말이 없다.

한참 있다가 "참, 엄마 오늘 식판에 편지 붙어 있더라." 무심히 한마디 던지더니 다시 딴청이다. 역시 아들이라 별 감흥이 없었나 했는데 저녁때쯤 포스트잇을 하나 가져왔다. 거기에는 "엄마, 축복이는 엄마를 사랑해요"라고 쓰여 있었다.

"이거 부엌에 붙여 놔."

이야, 아들에게 편지로 받는 사랑 고백이 꽤 기분 좋았다. 그리고 며칠 뒤 유치원 선생님과 통화할 일이 생겨 용건을 마치고 끊으려는데 선생님이 말한다.

"참, 어머님. 며칠 전에 축복이 식판에 메모 붙여 보내셨잖아요. 축복이가 그거 떼서 오더니 저한테 이게 식판에 붙어 있었다면서 자랑하더라고요. 오후 내내 싱글거리면서 그 메모 얘기했어요."

그랬던 거다. 집에 와서 표현은 안 했지만 아이는 그 메모 덕분에 행복했고 나에게 건넨 답장은 그 행복의 표현이었던 것이다. 그 후로도 종종 아이는 꾸깃꾸깃한 것을 가지고 온다.

"엄마, 이거 내가 가면 펴 봐."

그렇게 내밀고는 얼른 방으로 가버린다. 어떤 날은 꾸깃한 네모, 어떤 날은 꾸깃한 세모, 어떤 날은 모양 갖춘 하트 모양인데, 펴보면 "엄마, 사랑해요"라고 적혀 있다. "축복아, 엄마 열어서 읽어 봤어" 하면 수줍은 표정으로 헤헤거리며 와서는 안기는 아들이다.

"엄마도 사랑해."

글이 마음을 나누고 사랑을 전하는 통로가 되었다.

## 엄마도 내가
## 안 우는 게 좋지 않아?

어린아이를 키우는 엄마들에게 가장 힘든 일이 뭔지 설문하면
'양치시키기'가 상위에 있을 거라고 확신한다. 나도 그랬다. 매일 레슬
링 하듯 아이를 붙들고 양치를 시키고 나면 온몸에 힘이 빠졌다. 어느
날 양치시키는 장면을 목격한 동생이 하는 말.

"언니, 그렇게 하니까 애가 양치를 싫어하지. 좀 살살해 봐."

하아, 얌전하고 신사적으로 양치했으면 싶은 마음은 내가 더 굴
뚝같거든. 살살 잡으면 금방 손에서 벗어나는 아이를 온 힘을 다해 잡
고 양치키시다 보면 자연스레 칫솔을 쥔 손에도 힘이 들어갔다.

그렇게 힘이 들어도 양치를 포기할 수 없었던 건 충치 치료보다
낫다고 생각했기 때문이다. 열심히 양치를 시키면 충치가 생기지 않

을 거라 믿었다. 그런데 육아의 모든 순간이 그러하듯 양치에 대한 믿음도 여지없이 깨졌다. 6살쯤 충치가 생기기 시작하더니 7살에는 두 번째 신경치료를 하게 됐다.

양치를 시키다 보니 어금니 충치가 보여 급히 치과에 갔는데 그이를 포함해 세 개의 이 치료를 해야 할 상황이었다. 게다가 하나는 신경치료를 해야 한단다. "어머니, 이 세 개를 치료해야 해요. 보통 아이들은 한꺼번에 치료하는 걸 힘들어 하거든요. 일단 이쪽 두 개부터 치료할게요. 나머지 하나는 다음에 따로 예약을 잡는 걸로 하시죠. 웃음 가스를 할까요?" 언제나 씩씩한 아이. 일단 웃음 가스는 하지 않겠다고 말했다.

어른들도 싫어하는 신경치료인데 괜찮을까. 아이의 손을 꼭 잡고 있는데, 가끔씩 움찔움찔 아이 손에 힘이 들어가는 게 느껴졌다. 그러면서도 소리 한 번 내지 않고 신경치료를 포함한 이 두 개 치료를 끝내자 선생님이 말했다.

"아이가 잘 참네요. 이 정도면 나머지 하나도 한 번에 치료해도 될 것 같아요."

결국 그 자리에서 이 세 개 치료를 마쳤다. 치료를 마치고 나오면서 아이에게 물었다.

"축복아, 치료할 때 아프지 않았어?"

"아픈데 꾹 참았지."

아픈 걸 너무 잘 참는 아이여서 이럴 때마다 마음이 아프다. 아직은 아플 때 아프다고 말해도 되는 나이인데 싶어 이렇게 말했다.

"너무 아프면 울어도 돼. 괜찮아." 그랬더니 내 눈을 보면서 하는 말.

"근데, 그래도 내가 안 우는 게 엄마가 더 좋지 않아?"

'안 울어야'가 아니라 '안 우는게'. 둘의 미묘한 차이를 다 설명할 순 없지만, 어딘가 살짝 다른 뉘앙스가 가슴에 훅 들어왔다. 어릴 적의 나와 너무 닮아서 짠하고 안타깝고 고마운 아들이다. 그 마음을 너무 잘 알 것 같아서 내가 더 들여다 봐줘야겠다고 생각하게 되는 순간이었다. 내게 처음 온 아이가 축복이어서 나는 '육아'를 행복이라 여길 수 있었다.

내가 행복한 건 내가 좋은 엄마여서가 아니다. 우리가 함께 노력하고 있어서다.

*02*

# 나를 세우는

✳

엄마로 살지만 엄마로만 살지 않습니다

시작을 시작할 용기

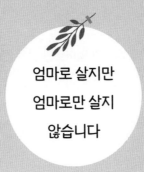

**엄마로 살지만
엄마로만 살지
않습니다**

엄마가 되면서 흔들린 삶은 아무리 노력해도 다시 전
으로 돌릴 수 없지만, 새로이 견고해질 수는 있다. 그리고
그 과정에서 가장 중요한 건 나를 잃지 않는 삶이다.

## 더 원하는 걸
## 선택했을 뿐

나는 여전히 내 과거가 가슴 시리도록 그립다. 현재의 소소한 행복이 좋다더니 이게 무슨 소리냐고? 한 입으로 두말하는 거냐 묻고 싶을지도 모르겠다. 그 마음을 너무너무 이해한다. 나도 그랬으니까. 내 마음에게 몇 번이고 소리치고 싶었다. 왜 한 개의 가슴을 가지고 두 개의 메시지를 보내는 거냐고.

'다시 퇴사 시점으로 돌아간다면 똑같은 선택을 할 거냐'는 질문을 종종 받는다. 처음에는 고민하는 데 시간이 좀 걸렸지만, 지금은 망설임 없이 같은 선택을 하겠다고 대답한다. 회사를 그만두고 보내온 시간들을 되돌아볼 때마다, 역시 포기할 수 없다는 생각이 든다. 해보지 않았으면 모를까 이미 가득 채운 행복을 두고 다른 선택을 하겠다는 말은 나오지 않는다.

　그런데, 이런 나도 과거가 그리워 눈물이 날 때가 있다. 어릴 때부터 눈물이 많았던 나는 지금도 감정이 부풀어 오르면 쉽게 눈물이 나곤 한다. 엄마로만 사는 것도 행복하다고 당당하게 말하던 어느 날, 강남역을 지나다가 눈물이 났다. 북적거리는 인파 속, 갑자기 그렁그렁 차오르는 눈물을 어쩌지 못하고 고개를 숙였다. 강남은 퇴사 전 마지막으로 일했던 사무실이 있는 곳이다.

　나는 수원에서 회사 생활을 시작했다. 출퇴근 버스를 타고 양재역과 수원을 왔다 갔다 하면서, 서울에 근무하는 건 어떨까 궁금해하던 나에게 서울 근무의 기회가 온 건 첫째를 임신한 후였다. 결혼 전과 달리 서울 근무가 그다지 반갑지는 않을 때에, 새로운 조직으로 발령이 났다. 그 조직이 위치한 곳이 강남 본사였고 6개월 남짓, 적응도 하기 전에 출산 휴가에 들어갔으니 추억이 그리 길지는 않다. 그런데 강남역을 지날 때마다 회사 생활 전체가 주마등처럼 스쳐 지나간다. 이런 날 흐르는 눈물은 '그리움'이라는 감정이 부풀어 오른 증거였다. 그걸 깨닫자 혼란스럽기 시작했다.

　'분명 지금 행복한데 왜 눈물이 나는 걸까. 행복하다는 마음이 거짓인 걸까. 사실은 내가 후회하고 있는 걸까.'

　그러다가 깨달았다. 내 손엔 두 개의 좋은 선택지가 있었다는 걸. 그런 거다. 선택에는 포기가 뒤따른다. 더 원하는 걸 선택하려면 덜 원하는 걸 포기해야 한다. '좋아하는 것과 싫어하는 것'으로 구성된 선택지보다는, '더 원하는 것과 덜 원하는 것' 또는 '더 싫은 것과 덜 싫은 것'으로 구성된 선택지가 더 많은 게 현실 아닌가. 나 역시 그랬다. 내가 좋아하는 하나를 위해 싫어하는 것을 버린 게 아니었다. 더 원하는 것을 선택했을 뿐 그때 내가 영위했던 삶이 싫었던 게 아니다. 일상에서 느낄 수 있는 소소한 행복은 덜 했을지 몰라도, 인정과 성취감은 어느 때보다도 컸다. 엄마가 되지 않았다면 떠날 생각은 하지도 못했을 만큼 당시의 나는 내 삶을 사랑했다.

마지막까지 치열하게 고민했었다.

인사팀에서 당황할 만큼 갑작스럽게 퇴사하겠다고 말한 건, 끝까지 선택이 쉽지 않아서였다. 퇴사 의사를 밝힌 후 돌아온 설득 앞에서 단호할 수 있었던 건, 이미 충분히 고민한 후 내린 결정이었기 때문이다. 쉽게 놔지지 않았다. 발길이 떨어지지 않았다. 어떡하든 방법을 찾을 수 있지 않을까. 그만두고 오래 후회하지 않을까. 오래 고민했다. 퇴사원에 사인을 하고 나니 오히려 홀가분해졌다. 결과가 어떻든 이제는 더 고민할 여지가 없다. 괴로울 만큼 무거운 고민의 시간이자 선택이었다.

내 20대는 지금 행복하다고 해서 쉬이 잊을 만큼 시시한 시절이 아니다. 짧은 내 인생을 돌아볼 때 가장 멋지고 자랑스러웠던 시기였다. 뱁새가 황새 쫓아가다가는 가랑이가 찢어진다는 말 따위 가볍게 무시했던 그 시절의 나는 찢어지는 대신 다리가 길어질 거라 굳게 믿으며 달렸다. 내 능력에 넘치는 일이라도 나와 팀과 시스템을 믿고 부딪혔고 해냈다. 내가 몸담은 조직이 너무 자랑스러워서 길에서 회사 광고만 나와도 멈추어 서곤 했다. 다시 그때로 돌아가 보면 나는 유난스러우리만큼 회사를 좋아했다.

퇴사하고 한동안은 20대 때 회사에 쏟아부었던 열정이 원망스러웠다. 정확히는, 어차피 그만두고 나면 보상받지 못할 시간에 열과 성을 다한 내가 원망스러웠다. 대충했다면 이렇게 허망하지는 않았을 거라 생각하니 후회가 밀려왔다. 하지만 지금은 그때의 나에게 고맙다. 그때 그렇게 열정적으로 일했기 때문에, 지금 내가 나의 20대를 자랑스럽게 회상할 수 있으니.

내가 지금도 그 시절이 그리운 건, 결코 지금이 행복하지 않아서가 아니다. 지금 행복하다는 말은 순도 100% 진심이지만 나는 여전히 그립다.

51과 49를 양손에 들고 고민하던 내가 51을 선택한 건, 그게 2만큼 더 좋아서였지 49의 가치가 없어서는 아니었다. 아이와 눈 맞출 때마다 차오르는 행복을 더 많이 누리고 싶었다. 회사에서의 나는 수많은 사람 중 하나지만, 아이에게 나는 대체할 수 없는 존재라는 사실도

51의 가치를 선택한 이유였다.

그러니 두고 온 49가 그리운 것도 당연하다. 그리움은 현재 행복에 대한 배신이 아니다. 그리울 땐 맘껏 그리워하자 생각했다. 눈물이 나면 눈물 흘리기로 했다. 나에게는 너무 좋은 두 개가 있었던 거다. 하나를 선택하기 어려울 만큼 좋은 것 두 개였다. 두 가지 메시지를 동시에 보내는 내 마음을 이해하고 나니, 오늘의 행복도 더욱 깊이 즐길 수 있었다.

얼마 전, 첫째와 미술관에 갔다. 관람을 마치고 아트샵에 들렀는데 아이가 핸드폰 그림 홀로그램 엽서와 게임기 그림 키링을 들고 둘 다 갖고 싶다고 했다. 고민하는 모습은 귀여웠지만 선택은 필요한 법, 오늘은 딱 하나만 살 수 있다고 단호하게 말했다. 아이는 고민하고 고민하다 키링을 골랐다. 계산하고 나올 때까지 아쉬운 마음을 감추지 못하면서 저 엽서도 갖고 싶다고 한다. 오랫동안 미련을 버리지 못하는 아이를 보면서 생각했다.

'아이에게는 엽서가 49, 키링이 51이었나 보다' 하고.

# 새로운 나를
# 만나다

"아이와 더 많은 시간을 보내고 싶어서 퇴사한 거 아니었어?"

당연히 회사로 돌아갈 줄 알고 어린이집에 대기를 걸어뒀었다. 미리 대기 순서를 받아두면 보낼 수 있겠거니 했는데 복직 시기가 다 될 때까지 자리 하나 나지 않더니 퇴사 후 4개월이나 지나서, 신학기인 3월이 되어서야 입학 가능 연락이 왔다. 이제 나는 집에 있는 엄마이자 육아를 위해서라며 퇴사원을 제출한 엄마가 되었다.

'18개월 아이를 어린이집에 꼭 보내야 할까?'

내 마음이 묻는 소리에 'YES'라 답하고, "입소 확정합니다." 답장을 보냈다. 이제 아이의 어린이집 등원과 나의 새로운 날을 함께 준비할 시간이다.

"소령 같은 사람이 회사 그만두고 정말 괜찮겠어?"

그랬다. 나는 '소령 같은'이라는 말로 한 번에 이해될 만큼 명쾌한 워커홀릭이었다. 회사 사람들은 내가 복직하는 대신 퇴사원을 쓰러 회사에 들를 것이라고는 생각도 못 하고 있었다. 제일 치열했던 시기, 첫 부서에서 함께 일했던 상사는 "그만둡니다"라는 내 말에 귀를 의심하며 되물었다. "다른 조직으로 옮기는 거야?"라고.

"지금 그만둔다고 설마 계속 놀기야 하겠어요?"

엄마로만 사는 일은 결코 노는 일이 아니다. 하지만 다른 이들의 눈에 그저 노는 일로 보일 거라는 것을 알고 있었다. 그들에게 내 마지막 모습이 그저 '노는' 모습이기를 원치 않았기에 짐짓 태연한 척 내뱉었던 한마디에는 내 의지가 담겨 있었다. 엄마 역할을 하느라 바쁘겠지만 엄마 역할을 위해 나를 내려놓지는 않겠다는 의지였다. 육아 때문에 퇴사원을 내면서도 육아를 위해 나를 버리고 살겠다는 생각은 하지 않았다. 그러니 어린이집 입소를 취소할 이유는 없다. 퇴사하지 않으려 백방으로 알아볼 때 어린이집에서 들은 대답은 한결같았다.

"3월 신학기가 돼야 빈자리가 날 거예요."

내가 퇴사했다고 달라질 건 없다. 어린이집 시계는 똑같이 돌아갈 테고 3월에는 어린이집에 빈자리가 나겠지. 3월은 나에게도 신학기로 다가오리라 기대했다. 그래. 사실 나는 3월을 기다리고 있었다.

회사를 그만둔 엄마들이 가장 조심해야 할 것이 '보상심리'라고 한다. 아이를 위해서 회사를 그만뒀으니 아이를 더 훌륭히 키워야 한다는 강박. 그런데 왜인지 나는 그게 나를 위한 보상이라는 생각이 들지 않았다. 아이를 키우기 위해서 내가 내 일을 포기했으니 나를 위한 무언가가 보상으로 주어져야 할 것 아닌가? 내 커리어와 수입에 필적할 그것. 나는 그게 그간 일하느라 가지지 못한 내 '시간'이라 여겼다. 내게 중요한 건 아이만의 행복이 아니라, (아이를 포함한) 내 가족과 나 모두의 행복이었다.

아이가 어린이집에 다니기 시작한 3월 첫 주, 한동안은 낮잠 시간 전에 하원하기로 했다. 그런데 등원 첫날, 전화가 왔다.

"어머님, 축복이가 다른 친구 이불에 올라가서 벌써 잠들었어요. 낮잠 시간 끝나고 데리러 오세요."

첫날이라 피곤했나 보다 생각했는데, 아이는 다음 날도 또 그 다음 날도 어린이집에서 이불만 펴면 먼저 올라가 눕는다고 했다.

"어머님, 그냥 낮잠 이불을 보내주시는 게 좋을 것 같아요."

아이가 적응을 못 하면 어쩌지 걱정하던 마음이 무색하게, 일주일도 되지 않아 완벽히 적응했다.

그 주 금요일, 나는 나만의 시간을 찾아 대학 캠퍼스를 거닐고 있었다. 대학 강의를 들으러 간 건 아니다. 대학원 수업도 아니다. 내 목적지는 그 대학의 깊숙한 곳에 있는 평생 교육원 건물. 내가 수강 신청한 수업은 '티인스트럭터(차 전문가) 자격증 과정'이었다.

전자 제품을 만드는 대기업에서 마케팅을 하다가 갑자기 차(茶)라고? 얼핏 어울리지 않을 것 같은 조합이지만 그래서 고른 내 첫 도전이다.

'이번에는 내가 진짜 좋아하는 걸 배워봐야겠어.'

회사를 그만두고 나의 시간을 무엇으로 채울까 고민할 때 제일 먼저 했던 생각이다. 기계와도 멀고 혁신과도 먼 것. 스피드보다는 느림의 미학이 어울리는 것. 그리고 무엇보다 중요한, 내가 좋아하는 것. 그게 차였다. 이거라면 무언가를 해내겠다는 마음 말고 쉬어간다는 마음으로 배울 수 있을 것 같았다. 쉬어가는 마음으로 '아무것도 하지 않기' 대신 '배우기'를 선택한다는 건 아이러니한 일이지만 말이다.

두 학기를 내리 듣고 자격증 시험에 응시했다. 자격증을 딴 후에는 한 학기 동안 조교로 봉사했다. 아이를 키우면서 나로 불리는 시간들이 좋았다.

어느 정도 안정되었다 생각할 무렵, 둘째가 생겼다. 첫째 때보다 심한 입덧 탓에 바깥 활동을 하기 힘들어졌다. 이번에는 집에서 혼자

할 수 있는 일을 찾았다. 한번쯤 해보고 싶었던 '프랑스 자수' 책을 샀다. 틈만 나면 책을 펴고 기본 자수법을 익혔고, 책의 안내에 따라 몇 개의 습작을 할 수 있었다.

둘째를 어린이집에 보내고 처음 모임에 나갔던 날, 나는 나를 '전업맘'이라고 소개했다. 그동안 내가 엄마로만 살았다고 생각했기 때문이다. 책을 출간하고, 글쓰기 프로젝트를 진행하고, 여기저기 글을 쓰면서는 헷갈렸다.

나는 전업맘일까? 워킹맘일까?

그리고 마침내 다시 취업을 했을 때 이제 워킹맘이 되었다 생각했다. 그런데 어느 날 문득 의문이 생겼다. 전업맘과 워킹맘을 가르는 기준은 뭘까? 나는 무엇으로 그 두 가지를 구분하고 있을까? 돈. 내가 그 둘을 가르는 기준은 돈이었다. 다양한 활동을 하면서도 엄마로만 살고 있지 않다고 말하기 애매했던 이유는 바로 그것. 수익 활동을 업의 기준으로 본다면 나는 엄마로만 살았지만, 조금 더 넓게 보면 나는 엄마로만 살지 않았다. 새로운 일의 시작인 첫 책 출간 이전에도 엄마로만 살았던 적은 없다.

엄마로만 사는데 어떻게 행복할 수 있었냐고 묻는다면, 그 비결은 결코 엄마로만 살지 않는 데 있다고 말하고 싶다. 나의 퇴사는 아이를 위해 일을 포기하는 단편적인 선택이 아니었다. 내게 주어진 아이와 함께하는 삶. 그 안에서 최대한의 행복을 찾는 것이 내 선택. 물론 그 중심에는 아이가 아닌, '엄마가 된 나'가 있었다.

내 세상의 끝인 줄 알았던 퇴사가 새로운 세상을 열었다. 언제나 안전한 선택을 했던 내가 할 필요 없었던 고민이 비로소 내 안에 들어왔다. 세상이 그리는 행복 말고 내가 원하는 행복. 그것을 찾아야 하는 미션이 이제 내 앞에 떨어졌다.

# 나,
## 잘살고 있구나

어린 시절 나는 평범한 가정에서 자랐다. 평범한 행복이 얼마나 소중한 것인지 몰랐던 그때의 나는 항상 비범함을 꿈꿨다. 아나운서가 되겠다는 꿈을 가지게 된 것도 그래서였다.

TV 화면 속에서 아나운서들은 늘 빛이 났다. 지방에 사는 아이에게는 더 신기했던 TV 속 세상. 그 안에 있는 것만으로도 대단한데 목소리도 좋고 얼굴도 예뻤다. 심지어 지적이기까지 했다. 아나운서가 되면 나도 특별한 삶을 살 수 있지 않을까. 그런 기대가 아나운서라는 꿈을 붙들게 했다. 물론 나름의 현실적인 이유도 있긴 했다. 경상도에서 나고 자랐지만, 서울 출신 엄마 덕에 사투리 대신 서울말을 쓰는 아이. 초등학교 때는 친구들의 놀림이 싫어 사투리를 배워보려 했지만 번번이 실패하고 말았다.

'그냥 나는 서울말을 써야 하는 사람인가보다. 어쩌면 아나운서라는 직업이 내 운명인지도 몰라.'

그렇게 생각했다. 초등학교 6학년 때 아나운서가 되기 위한 첫 번째 단계로 목표 대학과 학과를 정했다. 그때부터 한 번도 바꾸지 않은 목표를 결국 이뤘고, 고등학교 게시판에는 나의 대학 합격 소식이 붙었다. 꿈을 좇아 서울까지 대학을 왔으니 아나운서의 꿈도 꼭 이뤄야겠다고 생각했다. 하지만 대학 졸업을 앞두고, 방송사 시험을 보러 다니다가 돌연 그만두겠다고 선언했다.

자존심 때문이었다. 아무래도 어렵겠다는 판단이 들었을 때 더 노력하는 대신 빠르게 다른 길로 선회한 건 내가 길에서 내려서지 않았음을 증명하기 위해서였다. 그것만큼 멋져 보이는 다른 길을 재빠르게 찾아 올라탔다. 운이 좋게 성공했고, 나는 글로벌 대기업 마케터가 되었다. '서울로 대학 간 애'에 이어서 '대기업에 취직한 애'로, 성공적으로 다음 궤도에 진입했다. 오랜 꿈이 좌절을 맛보고 다시 오른 길이다. 그래서 더 소중했다.

다음 단계로 진입하기 위해서는 노력이 필요하지만 진입한 후에는 더 큰 노력이 필요하다. 고등학교 때까지는 그래도 공부 잘하는 애 소리를 들었는데, 대학에 와서 보니 똑똑한 친구가 넘쳐났다. 더 노력해야 했다. 성적 하나에 일희일비했고, 2학년부터는 전액 장학금을 받았다. 회사 역시 마찬가지였다. 말 그대로 전쟁터. 내 능력 이상을 해내기 위해 숨이 차게 뛰었다. 입사 동기들은 언제 확인해도 내 메신저에는 노란불이 켜져 있다며 (사내 메신저에 접속되어 있을 때는 노란불이 켜진다.), 도대체 퇴근은 언제 하느냐고 물었다. 질적으로 양적으로 모두 최대치를 채우던 날들이었다.

자존심 얘기 뒤에 어울리지는 않지만, 사실 나는 행복이라는 말을 좋아한다. 회사에서도 "행복하자!"는 건배 제의를 했다가 야유를 받은 적이 있다. 모두가 열심히 일하는 곳. 그런데 그 공간에 행복이라는 단어가 끼어들 틈은 없어 보였다. 왜지? 이렇게 열심히 일하는 것도 행복하게 살고 싶어서가 아닌가. 당시 신입사원이었던 나는 그게 이상하다고 생각했다.

오래 지나지 않아 그 이유를 알게 됐다. 행복을 말하기엔 너무 팍팍한 세상이었고 결과물을 내기 위해 달리는 동안 중요한 건 스피드였지 행복 따위가 아니었다. 지금 내가 행복한 것인가 자문하는 순간 느려지는 게 뻔할 터. 애써 행복을 미뤄두어야 했다. 그래야만 그 세상의 기준을 맞출 수 있었다. 숨 차게 뛰는 나 역시 금방 그 세상에 편승했다.

더 행복해지기 위해서 멋진 길을 찾아 올랐는데, 오히려 행복을 잊어갔다. 일을 시작한 이후 행복이라는 것이 사라졌다는 생각을 종종했다. 성과와 인정, 성장과 보람. 그것과 맞바꾼 나의 소소한 행복.

생각해 보면 지금까지의 삶을 통틀어 가장 나 자신이 자랑스러웠던 순간이면서 유일하게 행복을 자신하지 못한 시간이기도 했다.

그때의 이야기를 꺼낸 건, 행복에 대해 진지하게 고민하기 시작한 순간이 바로 그때이기 때문이다. 지금도 행복하다고 느낄 때마다 그때가 생각난다. '행복하자!'라고 건배 제의를 하고서는 야유를 받았던 햇병아리 정소령의 모습이 말이다.

지극히 평범한 하루하루를 살아가는 요즘. 나는 자주 행복을 느낀다. 좀 더 정확히 표현하자면 '나 잘살고 있구나!' 하는 생각이 든다. 11살, 7살의 내 아이들에게서 어린 시절 내 얼굴에 번지던 행복의 미소가 보일 때 특히 그렇다. 향수 어린 그 시절은 말랑말랑한 향을 가지고 있다. 포근하면서 따뜻한데 지나치지 않고 은은하다.

눈 내리던 어느 겨울날 아빠 목마를 타고 가던 길. 제과점 갈 때마다 먹고 싶었던 별사탕을 겨우겨우 얻어냈을 때의 환희. 엄마가 만들어주던 오징어 조림. 퇴근이 늦은 아빠를 기다리느라 9시 뉴스와 함께하곤 했던 우리 가족의 저녁 시간. 동생과 뛰놀던 파릇파릇한 공원. 아빠, 엄마, 나, 동생. 넷이 손잡고 걷던 산책길.

그런 소소한 행복을 누리면서 내가 꿈꿨던 것은 더 큰 행복이었다. 평범한 어린 시절을 지나 어른이 되면 특별하고 훌륭한 어른이 되어 있었으면 했다. 그때는 몇 배 더 큰 행복이 있지 않을까 기대했다. 그때로부터 꽤 많은 시간이 지났고 지금의 나는 어릴 적의 나처럼 평범한 날들을 영위하고 있다. 대단한 행복을 얻는 건 정말 어려운 일이지만 평범한 행복을 가지는 것도 엄청난 행운임을 아는 어른이 됐다.

## 디지털에
## 마음을 담으면

지금껏 나는 아날로그 인간이라고 생각하고 살아왔다. 앞으로도 아날로그를 벗어날 일은 없다고도 생각했다. 아날로그. 그 얼마나 정겹고 따뜻한 이름인가. 책은 역시 종이책이어야 읽는 맛이 살고, 노트에 메모할 땐 직접 사각사각 적어야 하거늘. 그런데 그런 나에게도 변화의 바람이 불기 시작했다. 언제부터였을까? 도대체 언제가 시작이었는지 모르겠다는 생각이 들다가, 또 갑자기 여러 가지 사건이 한꺼번에 떠오른다. 커다란 하나의 사건이 만드는 변화도 있지만, 작은 사건들의 콜라보가 빚어내는 변화도 있게 마련이다.

나만의 감성이 묻어나는 노트에 만년필로 적어 내려가는 메모가 멋있다고 생각했었다. 연말이면 다음 해를 위한 다이어리를 마련했고 필통에는 만년필과 연필을 챙겨 넣었다. 나는 타고난 악필이어서 손글씨 쓰는 걸 극도로 꺼렸지만, 나를 위한 메모만큼은 예외였다. 회의나 강의에 참여할 때도 노트와 필통을 챙겼다. 그런데 언제부턴가 주변에 메모 앱을 쓰는 사람이 늘어났다. 메모 앱 사용법 강의도 자주 눈에 띄었다. 호기심에 처음 사용하기 시작한 건 '에버노트'였다.

사용해 보니 생각보다 좋았다. 아날로그에도 인덱스는 있지만, 디지털 인덱스는 그와 비교할 수 없이 편했다. 온라인으로 검색하다가 기억하고 싶은 게 있으면 링크를 가져다 붙여둘 수도 있었다.

이미 온라인으로 많은 활동들이 옮겨진 상태.

메모까지 온라인에서 진행하니 생각과 정리를 끊김 없이 이어갈 수 있었달까. 어느새 '노션'에까지 발을 들였고 글쓰기 프로그램을 진행할 때, 공지사항이나 강의 동영상을 공유하는 페이지를 만들기에 이르렀다. 디지털에 있어서만큼은 똥손이라 자부하는 나에게는 대단한 발전이다.

어느새 아날로그만큼이나 디지털 도구를 신뢰하는 사람이 되었다. 잘하지는 못해도 익숙해지기는 했구나 싶을 무렵, 그래도 딱 한 가지는 아쉬웠다. 오랜 시간 연필로 쓰는 게 익숙해진 내 손은 자꾸 사각사각 쓰고 싶어했다. 그때 알게 된 새로운 앱이 '굿노트'였다. 노트에 연필로 필기하듯 아이패드 펜슬로 사각사각 적을 수 있는 아이패드용 앱이다. 이거다 싶어 아이패드를 덜컥 주문했다.

사실 디지털 세계에 빠진 건, 단지 편리함 때문만은 아니다. 이즈음 '미니멀리즘'에 발을 들이게 된 게 또 다른 이유다. '미니멀리즘을 하면 살림이 편해져요' 하는 문구에 혹했다. 전에도 살림을 애써서 하는 편은 아니었지만, 애쓰지 않아도 깔끔한 집을 유지할 수 있다니 혹할 만하지 않은가. 게다가 결혼하고 십 년 가까이 되도록 한 번도 제대로 비운 적이 없었다. 지난 이사 때는 짐을 싸다 말고 트럭을 한 대 더 불러야 했을 정도다. "아니, 이 평수의 집에 어떻게 짐이 이만큼이나 나올 수 있죠?" 그때 이삿짐센터 직원분이 했던 말이다.

이번에도 온라인이었다. 온라인 미니멀리즘 클래스를 신청하고 매일 조금씩 함께 비워냈다. 열 박스가 넘는 옷과 장난감, 책 등을 기부했고, 기부도 할 수 없을 만큼 낡은 것들은 버렸다. 덕분에 안방 서랍장 하나를 통째로 비워냈고, 공간이 없어 엄두도 못 냈던 내 책상을 들일 수 있었다. 비록 자그마한 책상이고 침대 옆 애매한 자리를 차지하기는 했지만, 내 자리가 생겼다는 건 커다란 기쁨이었다. 물건이 줄면서 남은 물건들이 들어갈 자리가 생기니 정리가 훨씬 쉬워졌다. 비우면 살림이 편해진다는 말은 빈말이 아니었다.

비움의 결과는 매우 만족스러웠지만 비워도, 비워도 더 비울 수 없는 것이 있었다. 대표적인 게 책이다. 그때부터 디지털로 책을 읽기 시작했다. 있는 책을 줄이지는 못하더라도 늘리지는 않기 위해서 시작한 디지털 책 읽기인데 예상외로 편했다. 특히 지하철로 이동할 때, 종이책은 번거로워 핸드폰을 보며 시간 때우기 일쑤인데, 디지털 책 덕분에 독서 시간을 늘릴 수 있었다. 핸드폰만 열면 독서가 가능하므로 예상치 않게 생긴 틈에도 당황할 필요 없다. 오히려 일석이조 아닌가. 어느새 <사피엔스>같은 벽돌책도 디지털로 독파할 수 있을 만큼 익숙해졌다. 디지털은 책이나 다이어리, 노트 같은 종이로 된 짐을 줄이는 데 큰 역할을 했다.

그 무렵, 아니 사실은 훨씬 오래전부터 하고 싶은 게 하나 있었다. 그건 바로 그림 그리기. 글로 표현하지 못하는 틈을 그림으로는 표현할 수 있지 않을까 생각했다. 문장의 아름다움과 색채의 아름다움은 다르니까. 그러면서도 아직 시작하지 못한 건 공간에 대한 부담감 때문이었다. 배우기 위해서 미술학원이나 화실을 알아봐야 할 것 같았고, 미술 재료를 사서 둘 곳도 필요했다. 아이들이 유치원에서 만들어 온 작품들만으로도 창고가 터져 나가는데 나까지 작품을 만들면 그건 또 어디에 둘 것인가. 그때 홀연히 내 앞에 나타난 게 바로 '디지털 드로잉'이다.

이왕 구매한 아이패드를 더 알차게 활용할 기회이니 이것 참 좋지 아니한가. 드로잉을 위한 앱을 구매하고 온라인 클래스도 신청했다. 아무리 서투른 결과물을 양산해도 자리를 차지하지 않는다는 점이 좋았다. 내 마음대로 얼마든지 쓱쓱 그려볼 여유는 거기에서 나왔다. 재료비 걱정도 없다. 그냥 새로운 페이지를 열고, 연필이든 붓이든 마음가는대로 클릭해서 선택하면 그만이다. 여전히 드로잉 실력은 형편없다. 그래도 어떤가. 그저 내 아이패드 속에 자리한 나만의 세상인걸. 원하면 그리다가 시들해지면 쉬었다가 다시 마음이 동하면 새로이 시도하면서 취미생활을 이어가고 있다.

아날로그를 고집하지 않고 디지털 세상의 문을 연 덕분에, 여유가 생겼다. 할 수 있는 것도 늘었다. 여전히 디지털 세상은 매번 새롭다. 아직 열지 못한 문이 많다는 것도 알고 있다. 그것까지는 자신 없다며 고개를 절레절레 흔들며 돌아선 문도 많다. 하지만 모두를 열어서가 아니라 한두 개라도 열었기 때문에 한 걸음 나아갈 수 있었음을 안다.

디지털 드로잉에 푹 빠진 동안 나는 시도 때도 없이 그림을 그렸다. 그런 나를 보더니 흥미를 보이며 한 번만 해보면 안 되냐는 아들들에게 자주 나의 패드를 뺏겼다. 처음엔 색 흩뿌리기만 열심히 하더니 일취월장, 어느 날은 제법 그림 같은 그림을 그리기도 했다.

그러던 어느 날이었다. 아이가 그린 그림을 보다가 마음이 따뜻해졌다. 여전히 앱 사용이 서툴러서 제대로 된 펜이나 색을 사용하지 못해 투박한 그림인데, 그림에 담긴 이야기가 좋았다. 그림의 주인공은 유령. 사이좋게 나란히 서 있는 유령 둘의 머리 위를 포물선 하나가 덮고 있다. "이건 뭐야?" 물었더니 우산이란다. 그러고서 자세히 들여다보니 유령들의 입이 눈에 띈다. 입이 있어야 할 자리에 반짝이는 별과 따뜻한 하트가 그려져 있었다. 별과 하트에 어떤 의미를 부여하고 싶었던 걸까?

입과 마음은 연결되어 있다. 아이의 그림을 보면서 마음을 출발해 입을 통해 다른 이들에게 닿는 말들을 떠올렸다. 그림 속의 별과 하트처럼 반짝이고 따뜻한 것들을 가득 담는 입을 가지고 싶다고 생각했다.

그러다가 문득 깨달았다. 중요한 건 아날로그냐 디지털이냐가 아니라는 걸. 그건 도구일 뿐, 중요한 건 거기에 담은 마음이다. 예전의 내가 아날로그를 고집했던 건 아날로그는 따뜻하고 디지털은 차갑다는 생각 때문이기도 하다. 이제 그 생각을 바꾸어 보려 한다. 중요한 건 방식이 아닌 콘텐츠이며, 디지털 역시 한없이 따뜻한 공간이 될 수 있다고.

문득 얼마 전 온라인으로 진행한 송년회에서 한 멤버가 했던 말이 생각난다.

"오프라인 모임도 좋지만, 서로 시간 맞추느라 자주 못 만나는 것보다 온라인으로라도 이렇게 만나는 게 더 좋은 것 같아요. 얼굴 볼 수 있어서 참 좋았어요."

# 예전의 나와
# 지금의 나는 같다

꿈이가 4살이던 어느 날, 몸살 기운이 있어 어린이집에 보내지 못했다. 아이들과 온종일 보내다 보니 남이 타준 커피가 먹고 싶어졌다. 잠시 커피만 사온다고 했는데 굳이 따라나서겠단다. 그러면 얼른 옷을 갈아입고 나가자고 했더니 그건 싫다는 꿈이. 그날 입은 옷은 하필 쫄쫄이 잠옷이다.

'아니야. 엄마가 아무리 이런 데 관대하지만 이건 아닌 것 같아.'

몇 번을 설득했지만 아이는 당당했다.

"이거 입고 나가면 왜 안 돼?"

'하아. 그래. 그냥 얼른 갔다 오지. 뭐.' 아무도 만나지 않기를 바라며 문을 나섰다.

엄마는 누가 볼까 걱정인데, 아이는 카페 앞에 도착하자 더 신나서는 해맑게 조잘거리는 것 아닌가. 쫄쫄이 잠옷 입고 대로변에 선 황당한 장면을 남편과 공유하려고 카메라를 들이댔더니 아이는 자신 있게 카메라를 향해 웃는다. 그 당당함이라니. 아이는 잠옷을 입고도 한없이 사랑스러웠다.

무엇을 입든 아이는 당당하다. 엄마가 눈치를 보는 것만 빼면 아무 문제없다. 멋진 옷을 입으면 더 멋있어 보이겠지만, 후줄근한 옷을 입어도 충분히 사랑스럽다.

중요한 건 내 마음이 하는 소리와 외부의 목소리 중 어느 쪽에 방점을 둘 것인가이다.

외부의 목소리에 연연할수록 내 목소리는 작아진다. 누가 어떻게 생각하든 나는 상관없다며, 내 마음에만 귀 기울이는 아이가 부럽다. 이 아이도 어른이 되면 외부의 목소리에 마음을 뺏기기도 하겠지만 말이다.

그렇게 생각하면 나는 옷을 바꿔 입었을 뿐이다. 예전의 나와 지금의 나는 같다. 아이가 잠옷을 입었을 때, 쫄바지에 짧은 티셔츠를 입었을 때, 멋진 옷을 입었을 때, 똑같이 사랑스러운 것처럼. 회사에서 프로젝트를 진행하던 내가 다른 일을 하고 있을 뿐 울타리가 달라졌다고 해서 내가 달라지진 않았다. 위치가 달라졌다고 해서 내 가치를 평가절하할 이유는 없는 것. 예전의 내가 가치 있는 사람이었다면 지금 나도 그렇다.

물론 세상이 보는 눈은 다를 수 있다. 옷이 달라지고 울타리가 달라지면 겉모습만으로 나를 판단하기도 한다. 엄마인 나는 내 아이가 어떤 옷을 입든 사랑스럽지만, 타인의 눈에는 아닐 수 있다. 하지만 중요한 건 타인의 시선이 아니지 않은가. 나를 가장 잘 아는 게 나라면 내가 나를 가치 있게 여겨주면 될 일이다.

여름휴가를 맞아 오랜만에 워터파크에 갔다. 휴가철답게 사람이 많은 수영장. 아직 땅에 발이 닿지 않아 혼자서는 겁을 내는 둘째를 꼭 안고 메인 풀을 빙빙 돌다가 주변을 둘러봤다. 모두가 각자의 시간을 즐기고 있는 수영장에서 내게 형형색색의 즐거움을 주는 건 폭 안긴 아이와 나뿐이다. 순간 나와 아이가 그 자리에 있는 누구보다도 특별하다고 느껴졌다. 다른 이들의 눈에도 혹시 우리의 따스함이 보일까 생각하다 곧 고개를 저었다. 다른 사람들은 분명 자신의 순간만을 커다랗게 느낄 터. 그들에게 나와 아들은 블러 처리된 흑백 실루엣에 불과하겠지.

수많은 사람 중 하나일 뿐이라는 걸 알면서도 나는 왜 우리가 특별하다고 생각했을까? 그건 당사자만이 오감으로 느낄 수 있기 때문이 아닐까? 꼭 안은 손에 전해지는 온기, 웃을 때마다 느껴지는 떨림,

가까이에서 바라보는 눈빛, 나에게 의지한 아이의 마음까지. 나의 순간이 다른 사람의 순간보다 특별하게 느껴지는 건 속속들이 알기 때문이다.

그러니 나의 가치를 누구보다 먼저 기억해야 하는 건 나 자신이다. 타인은 나만큼 나를 알 수 없다. 잘 알지도 못하면서 나를 판단하는 세상의 시선에 휘둘릴 이유는 없다. 세상보다 먼저 내 편이 되어야 하는 건 나 자신이고 적어도 나만은 나를 인정해 줘야 한다. 세상은 울타리가 달라진 나를 조금 다르게 본다 해도 나는 잊지 않기로 했다. 빛난다고 믿었던 날에 내가 가지고 있었다면, 지금도 분명 가지고 있을 내 가치를. 나의 꿈과 가능성을. 내 안의 온기를. 지금 그대로 아름다운 나라는 존재를.

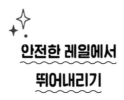

## 안전한 레일에서
## 뛰어내리기

엄마가 되기 전에 나는 아이들을 어려워했다. 무엇이든 계획대로 되지 않으면 참지 못하는 성격 때문이다. 아이만큼 제어 불가능한 존재가 어디 있을까. 나에게 아이는 외계인만큼이나 멀었다. 첫 아이를 임신했을 때 내 아이도 사랑할 수 없을까 봐 겁을 냈을 정도다.

그런데 이게 웬일인가. 낳고 키우다 보니 아이가 너무 예쁜 것 아닌가. 육아를 위해 내 커리어를 포기하겠다는 생각이 들 정도로 말이다. 결국 자의로 퇴사원을 썼다. 그 선택에 놀란 사람들이 많았지만 사실 제일 황당한 건 나였다. 더 황당한 건 퇴사가 나를 더 행복하게 할 선택이라는 확신이 없으면서도 그런 선택을 했다는 거다. 그저 덜 후회할 것 같은 선택을 했을 뿐이다. 그땐 그랬다. 경험해 보지 않았기에 겁이 났다. 퇴사하더라도 결코 나를 잃지 말아야겠다고 결심하던 마음은 사실 '불안'이었다.

퇴사한 지 8년. 그만큼의 경험을 가지고 있는 지금의 나는 그때 내가 퇴사를 결정했음에 안도한다. 많은 사람이 우려를 표했던 퇴사를 뚝심 있게 밀어붙인 내 결단력이 고맙다. 그만큼 배웠으니까, 그만두기 아까운 직장이니까, '요즘은 다들 애 키우면서 일하니까 너도 그냥 회사를 다니는 게 낫지 않겠냐'는 시선이 사실 두려웠다. 내 눈에도 직장에서 자신의 역할을 해내는 워킹맘들이 더 멋져 보였다. 엄마로만 살겠다는 결정은 멋짐을 포기하겠다는 마음을 포함한다고 생각했다.

입사 3년 차, 엄마의 삶에 대해 아무것도 모르던 무지렁이 시절. 담당 프로젝트 때문에 5시에 회의를 소집한 적이 있다. 내가 보낸 회의 소집 메일에 관계 부서 대리님의 답장이 왔다.

"저는 모성보호 기간이라서 5시에 퇴근해야 합니다. 죄송하지만 5시 회의 참석이 어렵습니다."

뭐? 모성보호? 그게 뭔데? 찾아보니 출산한 지 1년 이내의 여성이 모성보호 대상이고, 그 기간에는 근무 시간의 제한이 있다고 되어 있었다. 하아. 나는 당장 내일까지 보고를 해야 하는데 어쩌란 말인가. 가슴이 답답해졌다.

시간이 흘러 내가 엄마가 되고 다시 그날을 떠올렸다. 그때 그녀의 마음은 어땠을까. 결코 업무에 지장을 주고 싶지는 않지만 어쩔 수 없는 마음이었겠지. 아마도 시간 내에 일을 모두 끝내려고 애썼을 텐데, 갑자기 내가 회의 소집 메일을 보냈던 거다. 회사 분위기를 아니까, 나 역시 갑자기 받은 지시이고 납기가 내일이니 마음이 급할 거라는 것도 알고 있었을 거다. 그때 그녀는 까칠까칠한 모래가 굴러다니는 것 같은 마음으로 나에게 답장을 쓰지 않았을까?

"경험해 보지 않으면 모르는 것들이 있어."

엄마가 되면서 알게 된 것들이 너무 많아서, 이제 저 말을 입에 달고 산다. 나 역시 몰라서 마음이 좁은 사람이었다. 내가 모르는 줄도 몰랐던 무지렁이였다. 그런 이들의 마음을 내가 제일 잘 안다. 그래서 더 두려웠다. 이 삶을 모르는 사람들이 나를 어떻게 볼지 알아서, 더 싫었다. 그렇다고 그들을 탓할 수도 없다. 나도 똑같이 어리석으니 어찌 남 탓을 하겠는가. 그런데 다시 생각해 보면 사람들의 시선보다 중요한 건 이 자리에 발 딛고 선 나다. 나는 "어쩔 수 없었다"라며 억울해하는 대신 "모르니 그럴 수도 있지" 하기로 했다. 그렇게 생각하면 스스로 나를 낮추어 생각하는 마음을 피할 수 있었다.

어린 날 나처럼, 누군가는 엄마가 된 나를 이해하지 못할 수 있다. 몰라서 하찮다 여길 수도 있다. 그래도 괜찮다. 진짜로 내가 갑자기 하찮아진 건 아니니까. 노키즈 존, 노배드페어런츠 존, 굿페어런츠 존. 아이들을 거부하다가 이제 부모를 평가하기에 이르렀다. 그런 단어들 앞에서 속상해질 때도 이렇게 생각한다. 그저 생각의 차이일 뿐이라고.

엄마가 되기 전과 후의 내가 이렇게나 다르지 않은가. 물론 엄마가 되었다고 완전해진 것도 아니다. 내가 아는 건 나의 상황뿐. 나와 내 아이들을 기준에 두고 다른 엄마와 아이들을 판단하는 것 역시 어리석음일 테니, 엄마라는 이유로 다른 엄마와 아이를 판단하는 일도 경계한다.

이제 안다. 세상에는 아직도 내가 모르는 세상이 얼마나 많은지. 다 안다는 생각만큼 어리석은 게 어디 있을까. 내가 몰랐던 세상을 하나씩 알아갈수록 이해의 폭도 넓어졌다. 타인에 대해 더 알게 돼서가 아니다. 내가 알 수 없다는 걸 알아서, 나의 마음으로는 절대 이해하지 못하는 영역이 있다는 걸 알게 돼서, 모르기 때문에 이해할 수 있는 것들이 많아졌다.

몰랐던 세상에 발을 들이면서, 어제는 내가 싫어할 거라 생각했지만 지금은 만족해하는 오늘도 찾았다. 다채로운 행복은 어디에나 있다. 그렇다고 해서 퇴사하지 않은 삶이 지금보다 불행했을 거라고 생각하는 건 아니다. 행복은 여기에 있으니 저기에는 없어야 하는 제로섬이 아니니까. 그 길은 가보지 않았으니 알 수 없다. 더 행복했을지, 덜 행복했을지. 중요한 건 '과연 저기에도 행복이 있을까' 생각했던 길에도 행복이 있더라는 것이다. 경험해 봐야만 아는 것이 있다는 것.

나는 지금 여기에서 행복하다는 사실이다.

덕분에 나는 새로운 경험에 마음 열고 뛰어들 수 있는 사람이 되었다. 시작하고 또 시작하며 몰랐던 길을 찾아가는 경험은 안전하다 여겼던 (하지만 사실은 안전하지 않았을지도 모를) 레일에서 뛰어내리면서 시작됐다.

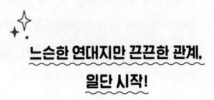

## 느슨한 연대지만 끈끈한 관계,
## 일단 시작!

소중한 모임이 하나 있다. 모임이 소중한 건지 모임 멤버인 친구들이 소중한 건지 헷갈리지만, 여하튼 소중하다.

"우리 독서 모임 같이 해볼래요?"

리더인 친구가 슬쩍 건넨 질문을 덥석 물어 함께 시작한 모임. 일부러 그렇게 모은 것도 아닌데 넷 다 아들만 있는 엄마다. 노후를 준비하는 아들맘 모임이라며, 아이들이 커서 엄마를 멀리하는 시기가 오면 우리끼리 잘 지내자고 결의를 다지는 찰떡같은 친구들이다. 각자의 자리에서 지금 그대로도 멋지지만, 여전히 저 앞의 목표를 찾고 차

근히 길을 밟아가는 모습은 더 대단하다.

둘째가 3살 되던 해 3월, 드디어 어린이집에 다니기 시작했다. 2년을 꽉 채워 24시간을 함께했던 시간이 끝난 것이다. 내 시간이 생겼고 주변을 둘러볼 여유도 생겼다. 그러다 보니 온라인으로만 접했던 사람들의 오프라인 모임이 궁금해졌다. 유심히 지켜보다가 관심 있는 모임이 생기면 슬쩍 참석했다. 그런데 나갈 때마다 얼마나 어색하던지, 티 내지 않으려 노력하면서 이리저리 두리번거리다 돌아오곤 했다. 그런 모임 중 하나에서 그녀들을 처음 만났다.

저녁 시간 강의가 있는 날이었다. 강의 후 이어진 뒤풀이 자리에서 맥주 한 잔 얼른 마시고는 먼저 일어났다. 바쁘게 지하철역으로 내려갔는데, 거기 모임에서 만났던 두 사람이 있었다. 같은 지하철을 탄 덕분에 대화가 꽤 길게 이어졌고 셋 다 아들만 있는 엄마임을 알게 됐다. 그때부터 대화는 더 자연스러워졌다. 그리고 얼마 지나지 않아 독서 모임을 함께하자는 제안을 받았다. 아직은 낯선 이에게서 받은 제안이었지만 거절할 이유가 없었다. 그 당시의 나는 새로운 세계를 탐험하는 중이었으니까.

첫 정식 모임을 하는 자리에서 만난 또 한 명의 멤버는 지난 저녁 강의의 연사였다. 그렇게 총 네 명. 독서 모임의 리더는 '일단 시작'하자고 말했다. 그래서 이름도 '일단 시작'이다. 함께한 시간이 어느새 3년 반이다. 느슨한 연대라고 말하면서 끈끈한 관계를 이어왔다. 두 달에 한 번 하는 독서 모임이 중요한 건지, 매일같이 단톡방에서 나누는 대화가 더 중요한 건지. 생각해 보면 이미 주객은 전도된 지 오래다. 정말 신기한 건 어쩌면 이렇게 다를 수 있나 싶게 모두가 다 다르다는 것. 더 신기한 건 그와 동시에 어쩌면 이렇게 같을 수 있나 싶게 또 서로 비슷하다는 점이다.

왜 그런 걸까 생각해 보면 그만큼 서로를 잘 알기 때문이 아닌가 싶다. 많이 알수록 더 다양한 모습을 알게 되니, 그 안에서 비슷한 모습과 다른 모습을 다 찾아내게 되는 것 아닐까? 함께 많은 이야기를 나누며, 고민을 털어놓고 위로하고 조언하며 서로를 지켜봐 준 덕분에 오래 함께하고 싶은 친구가 되었다.

물론 우리가 서로를 속속들이 다 아는 건 아니다. 3년 반은 모든 것을 알기에 충분한 시간은 아니니까. 그럼에도 불구하고 충분하다 느끼는 건, 지금의 서로를 응원하는 일이 중요하다는 걸 아는 사람들이어서다. 서로가 가진 가능성을 믿고, 비슷하기 때문에 할 수 있는 응원을 하고, 다르기에 할 수 있는 조언을 한다. (물론 비슷하기 때문에 할 수 있는 조언을 하고, 다르기에 할 수 있는 응원을 하기도 한다.)

그래서 늘 고맙다. 어느 날 우연히 만난 나를 이 관계 속에 초대해 주었음이 감사하다. 나에게 함께할 마음이 있냐고 물었던 그녀에게 왜 온라인상의 많은 사람들 중에 나를 골랐냐고 물은 적이 있다. 혹시 나에게 다른 사람의 마음을 끄는 매력 같은 게 있는 건 아닐까 약간 기대도 하면서. 그런데 아주 담백한 답이 돌아왔다.

"사는 곳이 가까워서. 그래서 모임 약속을 잡기 편할 것 같아서."

그 대답에 살짝 허무해지긴 했지만, 다시 생각해 보면 참 다행한 일이다. 그래서 '함께'가 될 수 있었으니 말이다. ("아, 정말?" 하는 나의 대답에 서운함이 느껴졌는지, "그렇다고 내가 아무한테나 제안한 건 아니야"라고 덧붙여 대답해 주었다. 그렇지만 역시 가까워서가 첫 번째 이유임은 확실하다.)

기대하지 않고 나선 길에서 소중한 인연을 얻었다. 내가 먼저 다가서는 일도 중요하지만, 나에게 다가설 수 있는 사람을 만나러 나서는 길도 중요하다는 생각을 한다. 좋은 사람을 만났을 때 활짝 열 마음을 준비하는 것 역시 필수다.

## 함께
## 책 읽기

"글을 일찍 읽으면 창의력 발달에 안 좋대."

엄마들의 카더라 통신과 각종 육아서가 말하는 이야기 중 가장 가슴에 콕 박혔던 말이다. 육아 전문가들은 글을 읽기 시작하면 글에 집중하느라 그림을 제대로 볼 수 없다고 말한다. 글을 읽을 수 있으면 줄거리를 쉽게 알 수 있기 때문에 머릿속에서 스토리를 상상하고 즐기는 게 힘들기 때문이다. 엄마의 목소리로 책을 읽어줄 때 느끼는 심리적 따스함과 그러한 분위기 속에서 만들어지는 상상력 역시 잃게 된다.

마케팅을 업으로 삼았지만 창의력의 문턱에서 번번이 좌절감을 느꼈던 사람인지라, 아이의 '상상력'이 세상 최고 중요한 자질로 여겨졌다. 그래서 아이에게 한글은 최대한 천천히 가르치기로 결심했다. 한편으로는 책을 좋아하는 아이이니 굳이 가르치지 않아도 본인이 원하면 알아서 터득하겠지 하는 생각도 있었다.

하지만 스스로 한글을 떼는 날은 오지 않았다. 나름 똘똘하고 책을 좋아하고 호기심도 많은 아이였지만 많이 읽어달라고 요청할 뿐 스스로 읽고자 하는 의지는 없었다. 그러다가 6살 후반쯤, 첫째를 초등학교에 보내는 유치원 친구 엄마에게서 초등 1학년의 현실을 듣게 됐다. 교과서의 문제들이 꽤 길어서 한글을 읽을 줄 아는 것을 넘어 장문을 이해해 내는 능력이 있어야만 풀 수 있는 수준이라는 것이다. '이제 한글을 가르칠 때'라는 생각이 들었다.

보통 늦게 한글을 배우기 시작하면 금방 읽는다고 하던데, 축복이의 한글 공부 초반은 지지부진했다. 그런데 다행히 조금 지나 가속도가 붙었다. 한글을 떼는 데 가장 큰 역할을 한 건 포켓몬 백과였다. 친구들 좋아하는 변신 로봇, 팽이 장난감 이런 거엔 관심도 없더니 어느 날 포켓몬에 푹 빠졌다. 한글을 조금 배우더니 두껍고 글자도 작은 포켓몬 백과를 매일 붙들고 읽기 시작했다. 이 단어 물어보고, 저 단어 물어보고. 아이는 한글을 제법 읽게 됐다. 그렇게 1년여의 시간이 지나고 저학년용 책도 혼자 읽을 정도가 되면서부터 아이가 한글을 읽으니 좋구나 싶은 날들이 늘어났다. 그중 제일 좋은 점은 '함께 책 읽기'가 가능하다는 거였다.

그 무렵 나는 새벽 기상에 도전하고 있었다. 매번 실패하는 새벽 기상을 다시 시작한 건 독서량을 늘리고 싶어서였다. 그런데 이번에도 쉽지가 않다. 아들들이 너무 일찍 일어나기 때문이다. 내가 일찍 일어나면 무슨 소용인가. 아이들도 일찍 일어나서 엄마 찾으러 오는 것을. 그러던 어느 날 최대한 조용히 침대에 앉아 책을 읽고 있는데 축복이가 깨서 안방 문을 열었다. 독서 시간이 끝나 아쉬운 마음이 들려던 찰나 '같이 읽자고 해볼까?' 하는 생각이 들었다.

"축복아, 엄마랑 같이 책 읽을까?"

"좋아."

예상외로 아이는 기쁘게 대답하더니 바로 방에 가서 어제 읽다 만 책을 가지고 왔다. 둘이 나란히 침대에 앉아 책을 읽는 시간. 그 순간이 얼마나 행복하던지. 따뜻한 이불 속, 옆에 앉은 아이의 온기와 책에 집중하는 모습, 나의 독서시간 확보까지. 정말 완벽한 아침이었다.

## 내가 시간을
## 만드는 방법

"아들 둘 키우면서, 언제 그걸 다 해요?"

내가 자주 듣는 질문 중 하나다. 하루는 24시간. 우리는 모두 같은 시간 속을 산다. 그리고 솔직히 말하면 나는 내가 시간 활용을 잘하는 편은 아니라고 생각한다. 빠듯한 시간을 효율적으로 사용하기보다는 '선택과 집중'을 잘하는 스타일이다.

'선택과 집중'이라고 말하니 그럴듯하게 들리지만, 사실 이걸 다른 말로 하면 '미루기'다. 선택한 것에 집중하고, 선택받지 못한 것은 미뤄두기. 2014년 회사를 그만두고 나의 직업은 '가정주부'가 되었다. 내가 퇴사한 가장 큰 이유는 육아인데 집안일이 세트로 함께 딸려왔다. 지금껏 일하느라 살림은 뒷전이었던 나에게 집안일이 익숙할 리 없다. 잘할 리도 없다. 인정받고 싶어 열정을 다했던 회사 일을 내려놓고, 잘하려고 노력해 본 적도 없는 집안일을 안고 있자니, 가슴이 답답했다.

얼마 전 노지양 번역가와 홍한별 번역가의 편지글을 엮어낸 <우리는 아름답게 어긋나지>라는 책에서 재능에 대한 새로운 해석을 발견했다. 특히 '재능이란 내 시간과 노력을 아낌없이 투자해도 억울하지 않겠다'는 마음이 드는 지점에 있을 거라는 표현에 나는 유레카를 외쳤다.

하고 싶은 일이라면 무리를 해서라도 해내고 마는, 나라는 사람이 오랜 시간 살림을 뒷전에 뒀던 건, 사실 하고 싶지 않은 일이어서였다. 잘 해낼 자신보다 더 부족했던 건 살림을 좋아할 수 있게 될 거라는 기대감이었다. 내 시간과 노력을 아낌없이 투자하기 아까웠다. 누군가는 내 가족을 위해 식사를 준비하는 일이 행복이라는데, 타고난 소식좌인 나에게 식사 준비는 그저 먹고살기 위해 꼭 해야 하는 일일 뿐이고, 먼지를 탈탈 털면서 마음까지 털리는 것 같아 청소가 좋다는 사람도 있는데, 나에게 청소는 깨끗한 집을 만들기 위한 노동에 불과했다. 나는 집안일에 재능이 없는 사람이었다.

좋아하지는 않지만, 좋아할 자신도 없지만, 그렇지만 해야 할 일. 나에게 집안일은 그 이상도 이하도 아니었다. 물론 나도 '잘 해보고 싶다' 생각한 적이 있다. 솔직히 말하면 지금도 종종 살림 잘하는 여자가 되어 보고 싶다는 욕심이 생긴다. 가끔, 짧게 그런 생각은 스치듯 일어났다 사라진다. 이제 내 직업이 가정주부구나 싶던 그때도 '그렇다면 이것도 잘 해봐야겠다' 생각했더랬다. 잘 해보려고 애쓰다가, 이내 마음을 접었다. '내가 왜 퇴사했더라.' 다시 물어도 답은 '육아'였다. 아이들을 위한 시간에 충실한 것과 살림을 잘하는 건 별개의 것이다. 살림을 잘할 필요는 없다고 생각하기로 했다. 구멍이 생겨도 괜찮다. 필요한 것을 필요한 만큼만, 구태여 그 이상으로 잘하려고 노력하지 말자.

그때부터 나는 나를 '전업주부'가 아니라 '전업맘'이라고 부르기 시작했다. '엄마'의 역할에 '살림'이 자동으로 따라붙어야 하는 건 아니라고 생각하니 마음이 가벼워졌다. 살림은 가족 공동의 영역이다. 물론, 가장 집에 있는 시간이 많은 내가 가장 많이 관여해야 하는 것은 현실이다. 하지만 그건 상황의 문제일 뿐 내가 가진 일생일대의 과업은 아니다. 나에게 중요한 일이 생겼을 때 '선택'받는 영역이 아닌 '미루기'의 영역이 될 수도 있는 일이다.

사실 어린 시절 나는 결벽증에 가깝게 정리벽이 있는 아이였다. 잠자리에 들기 전에는 이불을 반듯하게 펴고 혹시 어느 모서리 하나 이지러질까 얌전히 들어가 움직이지도 않고 자는 아이. 초등학교에 가고 책상이 생기면서부터는, 매주 책상 서랍을 뒤집어엎었다. 일주일 사이 틀어진 서랍 속을 말끔히 정리해야 내 속이 시원했다.

그런 내가 정리를 '미루기'의 영역으로 넣기 시작한 건 회사 생활을 시작하면서였다. 바쁘기로 소문난 회사답게 언제나 일이 넘쳤다. 막차를 타는 게 일상이었고 9시에라도 퇴근할라치면 너무 일찍이라 황송할 지경이었다. 그러다 보니 회사 일 말고 다른 데 마음 쓸 여력이 없었다. 혼자 살던 집을 정리할 사람은 나뿐인데 나는 회사 일만으로도 24시간이 모자란 상황. 지저분한 집을 보며 '치워야 하는데' 생각만 할 뿐 손은 대지 못하고 하루하루가 흘러가던 어느 날, 나는 깨달았다. 집이 지저분해도 사는 데 지장 없다는 사실을 말이다. 물론 전혀 치우지 않고 살 수는 없다. 하지만 어느 정도의 타협은 가능하다. 친정엄마는 지금도 "네가 이렇게 변할 줄은 몰랐다"고 말한다.

그렇지만 나는 이대로의 내가 좋다. 그때 '미루기'를 선택했던 경험이 있기에, 전업맘이 되고도 금세 살림을 '미루기' 영역에 넣을 수 있었다. 오늘도 내가 나에게 고마워하는 부분 중 하나가, 지저분한 집을 보고서도 태연히 컴퓨터를 켤 수 있다는 점이다. 늘 깔끔한 친정엄마가 보면 기함할지 모르는 집을 두고도 내 일을 먼저 할 수 있다. 청소 대신 글쓰기를 선택했다면, 지저분한 거실에 미련을 두지 않고 선택한 일에 집중한다.

우리에게 주어진 시간은 유한하다. 그러니 한 사람에게 할 일이 추가됐을 때 원래 주어진 일 모두를 그대로 수행하면서 추가된 일까지 하는 건 불가능하다. 물론 드물게 그게 가능한 사람도 있다. 하지만

| 시간 | 외부활동 없는 날 | 외부활동 있는 날 |
|---|---|---|
| 9:00 | 9:30 : 둘째 등원 완료 | |
| 10:00 | | 내 일하는 시간 |
| 11:00 | | 외부활동 1 |
| 12:00 | 내 일하는 시간 | 외부활동 2 |
| 13:00 | | |
| 14:00 | | 내 일하는 시간 |
| 15:00 | 아이들과 함께하는 시간 | 아이들과 함께하는 시간 |
| 16:00 | | |
| 17:00 | 집안일 시간 | 집안일 시간 |
| 18:00 | | |
| 19:00 | | |
| 20:00 | | |
| 21:00 | 집안일 시간 | 집안일 시간 |
| 22:00 | 휴식 및 취침 | |

* 각각의 필요 시간이 짧은 외부활동들이 있다면 하루에 여러 개를 잡는다. 그렇게 하면 다른 날은 5시간을 통으로 집중해 내 일을 위해 쓸 수 있다.
* 집안일 블록 위치는 아이들과 함께하는 시간 안에서 어디로든 옮겨질 수 있다.
  (10분에서 1시간으로 다양)
예) 17시 집안일 타임에는 식사 준비, 세탁기에 빨래 넣기, 간단한 청소
   21시 집안일 타임에는 건조 끝난 빨래 개기

나는 아니다. 내가 하고 싶은 일이 생겼을 때, 내가 해야 할 일이 생겼을 때, 나는 가뿐히 집안일을 미뤄 놓는다. 내 시간을 블록으로 나눌 때 가장 큰 두 개는 '아이들과 함께하는 시간 블록'과 '내 일 하는 시간 블록'이다. 그 외의 것 중 가장 큰 게 아마도 '집안일 시간 블록'이 아닐까 싶다.

아이들이 없는 시간 중 가장 긴 시간(주로 학교, 유치원에 간 오전 시간)에는 꼭 '내 일하는 시간 블록'을 끼워 넣는다. 아이들이 집에 있는 시간은 '아이들과 함께하는 시간 블록'이 붙박이로 들어가 있다. 물론 언제나 예외는 있지만 말이다. 그러면 '집안일 시간 블록'은 어디에 들어가냐고? 이 블록은 하나가 아닌 여러 개로 나누어진 부스러기다. 이건 주로, 아이들이 집에 없는 짧은 시간(학원 간 시간) 또는 '아이들과 함께하는 시간 블록' 구석에 살짝 올려 사용한다. 작은 부스러기 블록일지라도 '내 일하는 시간 블록'에 얹지 않으려 노력하는 이유는 집중 필요도가 서로 다르기 때문이다.

글을 쓰거나, 글쓰기 코칭을 하거나, 새로운 일을 기획하거나, 책을 읽는 일에는 집중력이 필요하다. 하지만 대부분의 집안일은 그만한 집중력 없이도 할 수 있다. 모두가 같지는 않겠지만 나는 그렇다. 물론 집안일도 아이들 없을 때 하면 더 효율적이다. 하지만 내게 주어진 시간이 유한하니 나도 효율성을 어느 쪽에 쓰는 게 더 나은지를 따져 선택할 수밖에.

어제 아침 아이들을 모두 보내고 집에 왔는데, 대청소할 때가 됐다는 생각이 들었다. 내 앞에 펼쳐진 우리 집 풍경이 그랬다. 대청소는 부스러기 블록으로 해결하기는 어려운 일. 핸드폰을 열어 남편에게 메시지를 보냈다.

"우리 내일 오전에는 대청소하자."

마침 다음날은 토요일. 다 같이 청소하기 좋은 날 아닌가. 집에 아무도 없는 금요일 오전은 내가 글쓰기에 좋은 시간이고 말이다. 토요일 아침, 첫째는 첫째 방을, 둘째는 둘째 방을 정리하고, 남편은 청소기를 돌리고, 나는 양쪽 화장실을 꼼꼼히 청소했다.

영화 <82년생 김지영>을 보고 나오면서, 인터넷에서 봤던 누군가의 댓글이 떠올랐다. "영화 속의 남편은 아내를 이해하고 도우려고 노력하는 데 왜 김지영은 그렇게 힘들어하는 거지?"

'이 질문의 답을 모르는 사람들은 나의 삶도 이해하지 못하겠지' 하는 생각이 들었다. 내가 원하는 일을 하겠다며 집안일을 미루고, 가끔은 음악회를 보러 가겠다며 일찍 퇴근하라 채근하는 아내. 나는 그래서 영화 속 주인공보다 건강한 마음으로 살 수 있었던 것 아닐까?

중요한 건 '내가 나로 사는 삶'이다. 아이를 위해 나를 뒤로 미루고 가끔 도움을 받는 삶이 아니고 말이다. 엄마이지만 여전히 나라서, 선택한 '내 일'에 집중하기 위해 다른 것을 미룰 수 있는 나라서, 나는 아이들과의 시간이 행복하다고 말할 수 있다.

## 계속해서
## 나로 살겠습니다

"엄마, 나 이름 바꾸고 싶어."

초등학교 5학년 무렵, 원하는 일이 생겼다. 그건 내 이름을 바꾸는 일. 내 이름은 흔해서 싫었다. 같은 반에 같은 이름이 둘씩 있고, 같은 학년에는 성까지 같은 친구도 있었다. 선생님들은 자주 나를 다른 친구와 헷갈렸고, 내가 어느 소영이인지를 설명해야 했다. 그렇다. 원래 내 이름은 정소영. '소영'이라는 이름이 왜 그렇게 흔한지 궁금해서 엄마에게 왜일까 물은 적이 있다. 엄마는 나를 낳을 즈음 인기 있었던 드라마 여주인공 이름이 소영이어서일 거라고 말했다. 그래서인지 내 또래에는 소영이라는 이름이 많다.

누군가와 헷갈리는 존재인 게 싫었다. 굳이 내 이름 앞에 '작은' 소영 같은 수식어를 붙여야 하는 것도 싫었다. 자라는 내내 작은 편이어서, 같은 반에 소영이 있다면 나는 '작은' 소영이가 되었다.

"누군가가 '소영아' 할 때마다 둘이 같이 돌아보고 상대방의 눈빛을 자세히 보면서 어느 소영이를 부른 건지 짐작해야 하는 그런 거 나 싫어. '소령' 할래."

내 이름에 쓴 한자는 맨 끝에 놓일 때 '령'으로 발음하는 한자다. 그래서 소영을 소령으로 바꾸는 일이 아주 간단했다. 동사무소에서 한글 명기를 바꾸기만 하면 되는 일. 그저, "한글 표기를 한자 표기와 맞춰주세요" 한마디만 하면 몇 분 만에 끝난다. 하지만 엄마는 반대했다.

"여자 이름이 소령이 뭐야. 친구들이 놀리면 어쩌려고 그래."

"괜찮아. 친구들이 놀려도 괜찮아. 나는 소영보다 소령이 좋아."

엄마는 쉽게 허락하지 않았고 초등학교 6학년 졸업 때까지도 여전히 나는 소영이었다. 하지만 나도 만만치 않게 끈질겼다. 내 이름이 나만의 것이 아닌 느낌이 왜 그렇게 싫었던 건지. 중학교 입학을 앞두고 엄마와 약속했다. 중학교에 입학했는데, 또 같은 반에 소영이가 있으면 그땐 이름을 바꾸기로. 당시 중학교는 뺑뺑이로 배정되는 시스템이었는데, 나는 우리 초등학교에서 가장 많이 가는 중학교 대신 다른 학교 학생들과 더 많이 섞이는 중학교에 배정된 상태였다. 표본을 확대해 검증할 수 있는 좋은 기회였다.

설레며 등교한 중학교 입학식 날. 반 배정 리스트 우리 반 칸에서 나는 두 명의 소영을 찾을 수 있었다. 정소영과 안소영. "엄마, 집에 가면서 동사무소 들르자." 그렇게 중학교 입학식 날 서류상의 내 이름이 '정소영'에서 '정소령'으로 바뀌었다. 그제야 내가 진짜 '내'가 된 기분이었다. 누구와도 헷갈리지 않는 고유한 나. 어린 날의 나는 왜 그렇게 이름에 집착했던 걸까? 최근에야 어렴풋이 알 것 같다. 나는 언제나 오롯이 나이고 싶었던 거라는 걸. 이건 내가 내 이름을 선택한 첫 번째 경험이다.

대학생이 되고 나는 다시 한번 내 이름을 선택해야 하는 상황에 놓였다. 이번에는 러시아 이름. 대학교 4학년 때, 모스크바 국립대학으로 한 학기 교환학생을 다녀왔다. 러시아에 도착해 첫 수업에 들어간 날, 나는 알게 됐다. 이곳에서 수업을 받기에는 내 러시아어 실력이 지나치게 미천하다는 사실을. 한마디라도 더 알아들으려고 고군분투하는 동안, 선생님들도 나름 나 때문에 고군분투하고 있었다. 한국에서 온 '소령'이라는 학생의 이름을 부르는 게 너무 어려웠던 것이다. 러시아어에는 'ㅇ' 받침과 모음 'ㅕ' 발음이 없다. 영어로 쓰인 소령을 최선을 다해 발음해도, '쏘롄' 또는 '쏘룐'이 되곤 했다. 얼른 이름부터 정해야겠다고 생각했다.

러시아 여성 이름들을 하나씩 떠올려봤다. 예쁜 이름들이 많다. 그중 어느 게 가장 아름다운지 고민하다가, 순간 '아차' 싶었다. 내가 생각하는 예쁜 이름들은 하나같이 발음이 어렵다. 예를 들면, '스비에 뜨라나' 같은 이름이다. 빛이라는 뜻을 가진데다가 발음도 예쁘다. 문제는 내가 유창하게 러시아식으로 발음할 자신이 없다는 것. 러시아 선생님이 출석을 부르면 내가 내 이름을 못 알아들어 대답하지 못할지도 모른다. 자, 내 수준을 잘 살펴보자. 지금 나에게 필요한 건 '쏘룐'이 되어 나도 못 알아들을 내 이름을 대신할, 발음이 쉬우면서도 명확한 이름이다. 그때 떠오른 게 '쏘냐'였다. 러시아에서 아주 흔한 이름인데다가, 발음도 소박하다. 누가 발음해도 못 알아듣기 힘든 이름. 쏘냐.

여기저기에 쏘냐가 많을 테지만, 나도 쏘냐가 되기로 했다. 초등학교 때와는 전혀 다른 선택. 단지 발음이 쉽다는 한 가지 이유로 이런 결정을 한 건 아니었다. 그때 나는 예쁜 이름을 고르는 내 모습에서 허세를 발견했다. 내 러시아어 실력은 인사를 겨우 할 정도인데, 발음이 어여쁜 이름을 가지면 왠지 더 유창하게 러시아어를 말하는 사람처럼 보일 것 같은 착각. 아니, 그렇게 보이고 싶은 욕심. 중요한 건 예쁜 이름이 아니라 내 진짜 러시아어 실력을 키우는 일 아닌가.

## 껍데기 말고 본질

비록 가장 소박한 발음으로 불리더라도 내면이 반짝여서 매력적인 사람이 되고 싶다는 생각이 문득 들었다. 조금 뜬금없는 전개지만,

보이는 것보다는 본질에 충실한 사람이 되겠다는 마음을 담아 나는 '쏘냐'가 됐다. 그리고 사실 쏘냐는 아주 우아한 이름이기도 하다. 쏘냐는 소피아의 애칭인데 그리스어로 소피아는 '지혜'를 뜻한다.

2004년 쓰기 시작한 쏘냐라는 이름을 지금까지 쓰고 있다. 회사에서는 직속 상사 영어 이름이 'Sonia'여서 'young Sonya'나 'baby Sonya'라고 불려야만 했지만, 불편할 뿐 싫지는 않았다. 내 본질에 대한 다짐을 담고 있는 이름이어서 쉽게 바꿀 수도 없었다. SNS 활동을 시작하면서도 고민 없이 닉네임을 쏘냐로 정했다. 남 보기에는 아무 의미 없는 쏘냐라는 이름이 나에게는 커다란 의미가 있는 이름이기 때문이다. 소영이 소령이 되고 싶었던 때와 완전히 다른 선택을 한 셈이지만, 제각기 이유가 있으니 그대로 받아들이기로 했다.

마지막으로, 한 번 더 내 이름에 대해 심각히 고민한 적이 있다. 첫 책이 출간될 때 책날개에 쓰일 인스타그램 계정명을 정할 때였다. 처음엔 그저 mom_sonya였는데 출간 계약을 하면서 writer_sonya로 수정했다. 그런데 1월 출간 계약으로부터 거의 10개월이 지난 10월 출간 때까지 내 아이덴티티가 여러 번 바뀌었던 것이다. 엄마와 작가 외에 내가 가질 명함이 없을 줄 알았는데, 그해 3월부터 시작된 '러브체인' 프로젝트 덕분에 기부 프로젝트 리더가 됐고, 글쓰기 프로젝트 '나찾기 프로젝트' 덕분에 글쓰기 코치가 됐고, 다시 프리랜서 마케터도 되었다. 처음 'writer_sonya'라고 변경할 때까지만 해도, 나는 내가 갈 영역이 딱 거기까지일 거라고 믿어 의심치 않았다. 나를 소개하는 말에 다른 역할이 들어와서 헷갈리게 되는 날이 올 거라고는 상상도 못했다.

이쯤 되니, 앞으로 내가 또 무엇이 될지 모르겠다는 생각이 든다. 무언가로 한정하면 나도 모르게 그 이름에 갇힐지도 모른다는 생각도 들었다. 'writer'로 정해 놓고, '왜 나는 자꾸 다른 일을 하는 걸까?' 의문을 품었던 것처럼 말이다.


그래서 찾아냈다. just as라는 표현을.

just as_sonya.
(나는 단지 쏘냐일 뿐!)

시작을
시작할 용기

어느 날 문득 시작하고 싶은 일이 생겼다. 내 안의 용기를 모두 모아야만 할 수 있었던 첫 번째 시작. 그 도전을 발판삼아 나는 시작할 수 있는 사람이 되었다. 생각해 보면 어떻게든 시작한 일은 성과로 남았고, 망설이다가 시작하지 못한 일 은 기억 저편으로 사라졌다. 중요한 건 시작을 시작할 용기였다.

## 시작할 방법을
## 찾고 싶나요?

창밖의 여유가 낯설다. 커피를 한잔 주문하고 책을 펴고 앉아 창밖의 여유를 감상 중인 나는 더 낯설었다. 둘째가 3살 되던 해 3월 첫 월요일. 어린이집에 아이를 들여보내고 커뮤니티 센터 북카페에 들렀다. 내게 주어진 시간은 2시간 남짓. 둘째를 낳은 지 24개월 만에 맞은 자유를 알차게 쓰고 싶었다. 제일 먼저 떠오른 건 책이었다. 누구의 방해도 없이 집중해서 책을 읽고 싶어 그날 그곳에 한참을 머물렀다.

둘째를 키우느라 정신없던 시기에 누군가로부터 제의를 받은 적이 있다. 아이가 크고 여유가 생기면 같이 일해 보자고. 말만으로도 너무 고마워서 며칠을 곱씹었었다. 둘째를 어린이집에 보내고 나면 내게도 시간이 생긴다. 그러니 그때 얘기했던 일을 시작할 수도 있다. 내가 기다리던 바로 그 시기가 드디어 도래한 것이다. 그런데 이상했다. 선뜻 일해야겠다는 생각이 들지 않았다.

퇴사하겠다 결심하던 순간부터 쭉 버리지 못한 부채감 같은 게 있었다. 대상이 누구인지는 모르겠다. 참으로 열심히 회사 생활을 했었다. 그런 내가 더는 일하지 않겠다고 말하는 게 세상을 거스르는 일처럼 느껴졌다. 참 이상하다. 엄마가 되어서도 제 일을 계속하고 싶어 하는 여성은 왜 굳이 일하려고 하냐는 눈총을 자주 받는데, 나는 다시 일로 돌아가야 할 것 같은 압박감에 눌렸다. 퇴사할 때 그랬듯, 강요하는 사람은 없는데 스스로 느끼는 압박이었다. 여전히 유리천장 아래에서 고군분투하는 여성들을 안다. 남성과 전혀 다를 바 없다고, 나란히 어깨를 겨루는 사람이 되라고, 그렇게 교육받아온 나라면 그들과 함께 현장에 서야 한다고 생각했다. 사회 속에서 내 자리를 만들고자 애써왔던 과거의 나에게 어울리는 자리는 여기가 아니라 그곳인 것 같았다. 그런데 나는 어째서 지금 여기에서 만족스러운가. 힘듦이 싫어서 회피하는 걸까? 괴로웠다.

엄마가 일하더라도 아이를 맡길 곳은 많다는 것도, 엄마의 손길이 부족해져도 아이들은 별 탈 없이 클 거라는 것도 안다. 여기 있고 싶은 마음은 아이들을 걱정해서가 아니었다. 내가 진심으로 지금의 행복을 원하기 때문이었다. 아이들과 얼굴 마주하는 시간이 너무 좋았다. 처음 퇴사하고 마주쳤던 우울의 시간. 내 자존감이 바닥을 치던 순간. 바닥을 딛고 올라오려고 얼마나 노력했던가. 일은 그만뒀지만 엄마로만 살지 않는 삶을 세팅하고, 나 스스로 나를 발견하고, 있는 그대로의 가치를 인정하면서 만들어온 행복이다. 꼭꼭 다지고 다져 누구보다 내가 행복해졌다.

엄마와 함께하는 삶에 익숙해진 아이들에게 함께하는 시간이 어떤 모양의 행복인지 나는 이미 잘 안다. 남편에게도 마찬가지일 터다.

일해야만 한다는 강박은 과연 누구를 위한 것인가.

이 질문 앞에서 나는 답을 찾지 못했다. 어쩌면 나는 세상의 눈치를 보고 있었는지도 모른다. 이대로 행복하다는 말이 내 게으름을 보여주는 것 같았다. 내가 가지 못한 길이라서 더 존경하게 되는, 고군분투하는 워킹맘들에게 도움은커녕 해가 될까 걱정이 됐다. 회사를 떠났지만 행복하다는 내가 그 자리를 지키고 싶은 이들을 공격하는 좋은 예시가 될까 두려웠다.

그때 SNS에서 어떤 강의를 발견했다. 지금은 강의명도 가물가물한 좋은 습관을 만들기 위한 21일 챌린지 과정이었다. 좋은 습관도 습관이지만 확신을 가지고 제 일을 하는 챌린지 진행자가 궁금해서 얼른 신청했다. 처음 맛보는 온라인과 오프라인의 연결에 설레는 마음으로 강의에 참석한 날, 그곳에서 나 자신에게 여러 가지 질문을 했다. 그리고 말했다.

"나는 이대로도 행복한데, 밖에서 다른 일을 해야 할 것 같아서 혼란스러워요."

어쩌면 나는 나를 잘 알지 못하는 누군가에게 이런 질문을 하고 싶어 그곳에 갔는지도 모른다. 겨우 두 시간 나에 대해 이야기했을 뿐인데, 그녀가 말했다.

"그건 그 일이 소령 님이 원하는 일이 아니어서 그래요. 정말 원하는 일이라면 그런 고민이 생기지도 않았을 거예요. 정말 하고 싶은 일을 만나면 어떡하든 방법을 찾게 될 거예요. 일이 하기 싫은 게 아니라 그 일이, 꼭 하고 싶은 일은 아닌 겁니다. 제 눈에 소령님은 분명히 무언가를 할 사람으로 보여요. 언젠가 하고 싶은 일이 생기면 그때는 어떡하든 하게 될 거예요."

정답. 그건 내가 찾아 헤맨 답이었다. 일이라고는 회사 생활밖에 해본 게 없다. 회사 중에서도 틀이 분명한 대기업에서만 일해 본 것이 전부다. 당연히 일에 대한 시야가 좁을 수밖에 없다는 걸 깨닫지 못하고 있었던 거다. 나는 아무 일도 하고 싶지 않은 게 아니라, 예전 같은 일을 하고 싶지 않았던 것. 돈 버는 일을 일이라 생각하면 물음표였지만, 나를 성장시키는 일이라 생각하면 그건 느낌표였다. 게다가 예전처럼 사회 속에서 인정받고 싶은 욕구 역시 살아 있었다. 깨달음을 준 이 말을 듣고 몇 개월 지나지 않아 선명하게 알게 됐다. 나는 하고 싶은 일 앞에서는 무리하더라도 움직이는 사람이라는 걸.

　아이들과 함께하는 시간을 충분히 가지고 싶지만, 그렇다고 그저 엄마로만 사는 게 괜찮지는 않다. 균형을 맞추며 둘 다 할 수 있지 않을까 욕심나는 일들이 있다. 그리고 그런 일들 앞에서는 어떡하든 방법을 찾는다. 이제 내 기준은 명확해졌다.

　무리인 줄 알면서도 하고 싶은가.

　그렇다면 그건 내가 진정으로 하고 싶어하는 일이다. 그렇다면 시작하자. 무언가를 시작하면 새로운 세상이 펼쳐진다. 새로운 세상을 헤쳐 나가다 보면 새로운 것을 알게 된다. 그렇게 나는 성장한다. 성장하는 시간 속에서 내가 나를 잘 모른다는 것도 알게 됐다. 새로운 관문 앞에 설 때마다 나를 새로이 알게 되고 과거의 나도 새롭게 이해하게 됐다. 앞으로의 나는 정의하지 않기로 했다. 내가 내일 어떤 사람이 될지 이제 나는 모른다. 새로운 무언가를 시작하고 싶어질지, 아무것도 하지 않는 삶을 갈망하게 될지. 내가 할 일은 그저 그때그때 내 마음에 귀 기울이는 것. 남의 시선 대신 내 마음을 선택의 기준으로 삼는 것. 다음에 할 이야기는 무리인 줄 알지만 시작하고 싶었던 일들에 대한 기록이다.

# 글쓰기 프로젝트를 제안합니다

정말 원하는 일이라면 무리를 해서라도 하게 될 거라는 말을 듣고 4개월 후, 나는 책을 쓰기 시작했다. 어느 날 갑자기 책을 쓰고 싶다는 생각이 들었는데, 그 마음이 쉬이 꺼지지 않았다.

'내가 책이라니. 가당키나 한 일인가' 싶으면서도 해보고 싶었다. 해보고 싶다고 생각하고서도 포기한 일이 참 많다. 그런데 이번에는 포기하면 오래오래 후회할 것 같았다. 어차피 책 쓰기는 나만의 도전이니 실패해도 괜찮다. 내 실패가 누군가에게 피해를 주지는 않는다. 그저 나만 홀홀 털어버리면 될 일이다.

'그래. 해보자' 마음먹었다.

목표는 4개월 후인 12월에 투고까지 완료하는 것이었다. 당시 7살이었던 첫째가 초등학교에 가기 전에 해내는 것이 목표였다. 초등학교 1학년은 엄마 생활 최고의 고비라고 누구나 말하지 않던가. 마음이 급했다. 매일 아침 아이들을 기관에 보내면 씻을 틈도 없이 컴퓨터를 켜고 앉았다. 그러다가 아이 하원 시간 5분 전이 되면, 벌떡 일어나 세수만 대충 하고 아이를 데리러 나갔다. 책 쓰기 외에 모든 것을 소거했다.

하지만 그런 시간에도 절대 빼먹지 않은 것이 하나 있다. 그건 바로 점심을 챙겨먹는 일. 아프지 않기 위해서였다. 목표한 시간 안에 해내기 위해서는 하루도 빈틈이 생겨서는 안 된다. 전자레인지에 데우기만 하면 되는 냉동 도시락을 먹더라도, 반듯한 식탁 대신 컴퓨터 앞에서 먹더라도, 절대 끼니는 거르지 않았다. 평소 끼니 거르기를 밥 먹듯 하는 나에게는 지키기 어렵지만 꼭 지켜야 하는 일이었다.

책 쓰기 시작한 지 4개월 후, 12월에 목표한 대로 투고를 마쳤다. '미루기' 권법을 최대한 사용한 덕분이었다. 엄마라면 누구나 상상할 수 있다. 정신없는 아침을 지나 두 아이를 어린이집에 보내고 조용한 집에 다시 들어섰을 때 펼쳐지는 전쟁터 같은 집안 풍경을. 내가 누구보다 잘하는 건 거실 바닥에 펼쳐진 쓰레기들을 사뿐히 즈려밟고 컴퓨터 앞에 앉는 일이다. 나는 절대 초인이 아니다. 내 삶에 하나의 일이 더 들어오면 원래 하던 일 하나에 구멍이 날 수밖에 없다. 그걸 인정하는 것이 내가 새로운 일을 시작하는 첫 번째 단계다.

1월 초, 강남의 대형서점 지하 커피숍에서 출판사 대표님을 만났다. 떨리는 손으로 받아들었던 계약서. 4개월 동안 눈에 띄게 너저분해진 거실을 묵인하기에 충분한 결과였다.

'정말 이대로 사인해도 되는 걸까?'

모든 것이 불안했던 그 겨울. 책만 딱 한 권 써두고, 다시 전업맘의 나로 돌아가겠다던 마음으로 시작한 도전이 결실을 보았다. 그리고 나는 다시 예전으로 돌아가지 못했다. 작가도 마케팅을 해야 한다는 말이 나를 다시 움직이게 했기 때문이다.

이제는 내 책을 소개할 생각으로 매주 월요일 블로그에 책 쓰기 스토리를 쓰기 시작했다. 나를 알리기 위해 쓰기 시작한 글인데, 신기하게도 남이 나를 알기 전에 내가 먼저 나를 알게 됐다. 주제를 잡은 것도 제목을 정한 것도 나니까, 당연히 내가 제일 잘 아는 스토리일 것 같은데 쓰다 보니 그렇지 않았다. 책을 쓰게 된 이유를 목차 하나로 잡고 시작했는데 화수분처럼 늘어나는 이유들 때문에 결국 네 번에 나누어 써야 했다. 연재 글을 쓰기 전에는 왜 책을 썼냐는 질문을 받을 때마다 우물쭈물했는데, 네 개의 글을 완성하고 나니 명확히 대답할 수 있게 됐다. 글쓰기를 통해 나는 무리를 해서라도 책을 써야만 했던 나를 더 잘 알게 되었다.

이쯤 되니 또 새로운 생각이 스멀스멀 올라왔다. 나에게 새로운 길을 열어준 글쓰기를 함께하고 싶다는 생각 말이다. 나를 통해 누군 가가 글쓰기를 시작하게 된다면 얼마나 좋을까. 무엇보다 가치 있는 일이 되리라는 확신이 생겼다. 확신 뒤에 이어진 의문 한 가지. 과연 내가 그런 일을 할 만한 그릇이 되는가. 책을 썼지만, 아직 출간조차 되지 않았다. 출간된다고 해도 겨우 책 하나를 썼을 뿐인 나에게 그럴 자격이 있을까.

재밌는 건 이런 의문을 가지고서도 기획서를 썼다는 점이다. <무 기가 되는 스토리>라는 책을 보다가 스토리 7단계에 감명을 받고, 7 단계에 맞추어 내가 하고 싶은 일을 정리했다. 솔직히 말하면 처음부 터 실행할 생각으로 정리한 건 아니다. 그저 책을 읽었으니 실습하는 마음으로 적었다. 그런데 쓸수록 더 진심이 되어갔다.

'초보가 왕초보를 가르치는 시대'

그때 온라인 세상에서 자주 듣던 말이다. 나도 초보 정도는 되지 않을까. 이제 겨우 한 권 썼지만 나는 안다. '이전의 나'와 '이후의 나'가 많이 다르다는 걸. 마음 가는 대로 쓴 글을 사람들이 읽기 쉬운 글로 바 꾸기 위해 노력하며 채운 시간들이 분명 거기에 있었다.

'혹시나, 언젠가'라는 생각으로 주변의 피드백도 받고 혼자 고민 도 하면서 기획을 다듬었다. 그때 어느 단톡방에 소모임 아이디어가 있으면 알려달라는 공지가 올라왔다. 잠시 망설이고 용기를 내 메시지를 보냈다. 이런 아이디어를 가지고 있는데 내가 해보면 어떨 것 같냐고. "좋네요." 감히 내가 해도 될지를 고민하던 날들에 긍정적인 답변이 돌아왔다. 그렇다면 해보자. 슬그머니 시작을 시작하던 나는, 진짜 시작에 박차를 가했다.

내가 만든 글쓰기 프로그램은 글쓰기 스킬을 가르치기보다, 쓰기를 시작할 수 있는 힌트를 주고 계속 쓸 수 있도록 격려하는 게 포인트였다. 일부러 주제는 '나'로 잡았다. 흔들린 경험이 있는 내가 무언가를 시작한 동기는 '나 바라보기'였기 때문이다. 쓰기를 전파하고 싶다고 생각한 이유가, 나에 대한 글을 통해 스스로를 더 알게 된 경험에서 온 것이기 때문이기도 했다. '나찾기 프로젝트'는 그렇게 두근두근 시작되었다. 잔뜩 긴장하고 '나찾기 프로젝트' 1기 공지를 올렸다. 당시 내 마음은 언제나 같았다.

'나를 어찌 믿고 사람들이 신청하겠어. 딱 한 명만 와도 괜찮아. 딱 한 명이면 시작할 수 있어.'

다행히 나의 스토리를 신뢰해 준 사람들 덕에 계획한 인원을 꼭 채워 시작할 수 있었다. '나찾기 프로젝트'의 풀네임은 '나의 스토리를, 찾아가는, 기분 좋은 글쓰기 여행'이다. 앞 글자만 따서 나.찾.기. 나는 별것 아니라고 여겼던 내 스토리에도 힘이 있었듯, 자신이 평범하다고 여기는 모든 사람에게는 반짝이는 스토리가 있다고 믿는다. 함께하는 사람들 한 명 한 명이 그걸 알기를 바라는 마음으로 강의 자료를 만들었다.

"저도 제 스토리가 특별하지 않다고 생각했어요. 그런데 이야기 했더니 반응해 주셨잖아요. 결코 평범하지 않다고 이야기도 해 주셨 고요. 여러분의 스토리도 마찬가지예요. 나에게는 특별한 이야기가 없는데 뭘 써야 하나 고민하실 거예요. 하지만 각자가 가진 스토리는 모두 특별해요. 그냥 지금 생각나는 것. 그것에 대해 쓰세요."

단언하건대, '나찾기 프로젝트'를 통해 만난 스토리 중 반짝이지 않는 스토리는 없었다. 나를 겸손하게 만드는 특별한 이야기들 덕분 에 나도 함께 성장할 수 있었다. 그래서 나는 오늘도 쓰기를 권한다. 각자가 가진 경험과 생각은 모두 소중하다. 소중한 이야기들이 휘발 되어 버리면 아깝지 않은가. 기억은 휘발되지만 기록은 남는 것. 쓰기 는 여러모로 쓸모 있다.

책을 썼기 때문에 블로그에 연재를 하게 됐고 글쓰기 프로젝트 를 기획하고 진행할 수도 있게 됐다. 시작이 시작을 부르는 마법이었 다. 조심스레 시작한 '나찾기 프로젝트' 역시 다양한 방식으로 변주되 며 확장되고 있다. 할 수 있을까? 해도 될까? 고민만 하다가 실행하지 못한 것들은 기억 저편으로 사라졌고, 실행한 일들만 여기에 남았다. 다음 계단을 여는 문이 되어.

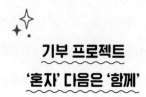

## 기부 프로젝트
## '혼자' 다음은 '함께'

책 쓰기 도전을 하나의 키워드로 표현한다면 '혼자 시작'이다. 그때 그 자리에서 내가 할 수 있는 건 혼자 시작하는 것뿐이었다. 감사하게도 첫 도전이 성공을 거뒀다. 책 한 권 분량의 원고를 완성하고 퇴고까지 마쳤을 때, 한 단계 성장했다고 생각했다. 과정에 최선을 다했고, 수많은 의심 속에서도 끝까지 써낸 내가 자랑스러웠다. 물론 거기에서 머물 수는 없다. 다음 단계의 성공을 위해 투고를 했고 출간까지 해낼 수 있었다. 오랜만에 느끼는 성취감이었다. 아이들과 함께하는 소소한 행복을 누리고 싶다며, 전업맘의 삶을 계속 살겠다던 내가 변한 건 그 때문이었을 거다.

"나 기부 프로젝트를 해보고 싶어."

이른 아침, 남편이 일어나자마자 말했다. 밤새워 뒤척이다가 문득 이런 생각이 들었던 거다.

"혹시 지금이 그걸 시도해 볼 때인 걸까?"

'그거'란 10년 전 프로젝트 진행을 위해 찾았던 미혼모 센터에서 했던 생각이다. 당시 나는 경제연구소 사회공헌 팀에서 단기 파견근무 중이었고, 현장 조사를 위해 미혼모 센터를 방문한 적이 있다. 그때 만난 여리면서 강한 엄마들의 모습이 뇌리에 남았다. 아직 결혼도 하지 않았던 당시의 나는 모성을 알지도 못하면서 그들의 용기를 응원하고 싶다고 생각했다. 하지만 나라는 개인이 할 수 있는 거라고는 기부 외에 떠오르는 게 없었다.

그즈음 내가 막연히 하고 싶다고 생각했던 게 하나 더 있다. 당시 경제연구소 사회공헌팀에 파견된 이유는 내 원래 업무가 글로벌 CSR(Corporate Social Responsibility)이기 때문이다. 글로벌 마케팅팀에서 전 세계 지·법인을 위한 CSR 가이드라인을 만드느라 다양한 벤치마킹 사례를 조사했었다. 그때 봤던 하나의 사례가 유독 마음에 들었다. 언젠가는 그런 프로그램을 해보고 싶다는 욕심이 생기기도 했다. 하지만 그때도 그건 그저 '해보고 싶다'는 막연한 마음에 불과했다. 나는 일개 직원일 뿐이고 회사의 결에 맞는 프로그램을 세팅하는 게 내 임무였으니까.

그날 밤, 내 마음이 두근거리기 시작한 건 10년 전의 두 가지 소망이 하나로 합쳐져 흐릿한 모양을 갖추었기 때문이다. 아직 흐리지만 조금만 고민하면 해볼 만한 프로젝트가 될 것 같았다. 이 프로젝트의 두 가지 키워드가 있다면 그건 '엄마'와 '연대'. 엄마들을 돕는 엄마들의 연대. 멋지지 않은가. 생각만으로도 가슴이 뛰었다.

회사에 있을 때 나는 내 생각을 펼칠 생각을 하지 못했다. 그래서 내가 원하는 것을 실현할 방법을 찾지 못했다. 소속이 없는 개인이 된 지금, 나에게는 하얀 도화지에 마음껏 그림 그릴 자유가 있다. 개인이 된 지 여러 해 되었지만, 사실 그전까지는 개인이기 때문에 아무것도 할 수 없다고만 생각했다. 그런데 갑자기 지금이 그때라는 생각이 들었던 거다. 출간 계약 덕분에 얻은 자신감이 큰 역할을 했다. 자신감보다 눈에 보이는 이유는 내가 받을 인세였다.

내가 꿈꾸는 것은 연대.

그렇다면 나도 내놓을 것이 있어야 할 텐데, 내놓을 게 생긴 거다. 팔 것이 있고 이를 통해 얻을 수익도 있다. 연대가 되어 판매 수익금을 기부하자고 말하면서 내놓을 게 없다고 할 수는 없지 않은가. 퇴사 후 처음으로 생긴 내 이름의 수입이다. 이걸로 혼자 기부 말고 함께 기부해보자는, 어디에서 왔는지 모를 의욕이 솟았다.

생각이 거기까지 이르고 나니 겁이 났다. 이대로라면 하룻밤 생각으로 사라져버리기 십상이겠다 싶던 차에 남편이 눈을 떴고 냅다 공표를 했던 거다. 혹시라도 남편이 말리면 그만둘 생각이었다. 근데 남편은 하고 싶은 대로 하라고 답했다. 그래, 한번 해보자. '그게 될까?' 하는 생각이 들 때마다 굳이 소리 내 "그래, 해보자" 하는 건 일단 시작하는 데 늘 도움이 된다.

바로 내 SNS를 열어 대략의 계획을 알렸다. 내 결심이 그만큼 확고해서가 아니라, 바람 앞의 촛불처럼 약해 보였기 때문이다. 이는 약속한 일은 꼭 해야 한다고 생각하는 내 성향을 이용한 배수진이다. 공개적으로 알렸으니 썩은 무라도 잘라야 한다. 그런데 이때 이 결심을 뒤흔들 코로나19와 연이은 휴원, 휴교라는 복병이 나타났다. 아이들과 함께 있다 보니 기획을 구체화할 시간을 내기가 어려웠지만, 그런 상황에서도 결국 해낼 수 있었다. 그 이유는 혼자가 아닌 '함께'여서였다.

이 프로젝트는 운영과 실행 두 가지 측면에서 '함께'를 표방한다. 처음 생각한 프로젝트는 내가 운영하고 참여자를 모집하는 형태였다. 하지만 구체화할수록 혼자서는 무리라는 생각이 들었다. 기부 프로젝트 특성상 기부금 관리는 매우 중요하다. 그저 내가 최선을 다하는 것으로는 부족할 것 같아서 기부 앱 '돌고'를 만나기로 했다. 좋은 일이라는 이유 하나로 처음부터 마음을 열고 내 기획을 들어주었고 흔쾌히 돕겠다고 했다. 이 프로젝트를 뭐라고 부를지도 중요한 부분이었는데 혼자서 며칠을 고민했지만 이렇다 할 아이디어가 떠오르지 않았다. 그래서 '함께'의 힘을 빌리기로 했다. 블로그에 '이름을 지어주세요' 이벤트를 열었고 많은 후보들 가운데 '러브 체인'으로 최종 확정했다. 내 명함 작업을 해주던 디자이너의 재능기부로 로고도 만들었다. 게다가 의사결정을 함께할 운영진까지 꾸렸다.

실행 측면에서도 '함께'는 필수 요소가 되었다. '가능할까?' 의심이 들었던 것도 혼자하는 게 아니라 함께하는 일이기 때문이었다. 당시 나는 지금에 비하면 매우 소소한 SNS 채널들을 운영 중이었다. 내가 가진 영향력은 물론, 함께하자고 제안 글을 올릴 SNS도 미약한 상황이었다. 그래도 해보자 마음먹은 건, 소규모 연대도 연대 아니냐는 생각 덕분이었다. 뭐. 두 명도 연대 아닌가. 딱 한 명만 모집해도 우리는 연대가 된다. '한 명은 손 들어주길' 기도하는 마음으로 '함께해 주세요' 모집 글을 올렸다. 감사하게도 공지 글을 올리고 얼마 되지 않아 첫 번째 참여자의 댓글이 달렸다. 이후로도 참여 희망자는 자꾸 늘어서 스무 명에서 '마감' 공지까지 올려야 했다.

왜 스무 명으로 제한을 두느냐고 묻는 사람도 있었다. 더 많이 모여서 더 많이 기부하면 좋은 거 아니냐고. 하지만 내 생각은 달랐다. 내 깜냥 이상으로 벌이다가 실수가 생기는 것보다 적당한 규모로 진행하는 게 낫다. 소심하기 그지없는 내가 무언가를 시작하기 위한 나름의 기준이다. 스무 명도 이미 예상을 넘은 인원이니 여기에서 닫는 게 맞다 생각했다. 큰 성공만이 의미 있다고 생각하지 않는다. 내 한계를 한 단계 넘는 도전이라면 규모와 상관없이 의미 있다. 그럴 때마다 나는 나에게 질문한다. '이 도전이 누군가에게 피해를 줄 수 있는가?' 성과를 바라는 마음 대신, 나의 움직임이 세상에 폐가 되지 않으면 괜찮다는 마음으로 시작한다. 처음부터 대단한 일을 해낼 수는 없는 일이다. 매번 나는 '언젠가'를 위해 첫 계단을 밟는 거라 생각했고, 덕분에 시작할 수 있었다.

'러브체인' 프로젝트는 세상에 좋은 사람이 얼마나 많은지를 알게 해준 소중한 경험이다. 스무 명의 참여자들이 마음을 모아 함께 프로젝트를 준비했다. 기부액을 많이 확보하기 위해 각자의 자리에서 최선을 다했다. 누군가는 사비를 들여 리플렛을 제작했고, 기존에는 없던 제품을 기획하기도 했다.

운영과 실행 측면에서, 우리는 '함께' 해냈다. 무려 500만 원이 넘는 기부금이 모였다. 그 금액을 보면서 돌고 팀과 처음 회의하던 날이 생각났다. 그날 돌고에서 대략 얼마 정도 모금이 될 거라 생각하는지, 기부처 선정 시 참고하려고 한다고 물었었다.

"글쎄요. 잘 모르겠어요. 일단 제가 인세를 기부할 거니까 100만 원은 될 거예요. 거기에서 얼마나 더 추가될지는 저도 정말 모르겠어요."

이만한 성과를 낼 거라고는 정말 생각하지 못했다. 아무도 관심 두지 않는 조그마한 프로젝트 하나로 내 기억 속에만 남을 수도 있다 생각했다. 하고 싶다고 생각했을 때 묻어두지 않고 실행했으니 그것만으로도 훌륭하다고 나에게 말해 줄 준비가 되어 있었다. 실행하지 않았다면 내가 이런 일을 해낼 수 있다는 사실을 평생 몰랐을 것이다.

누군가 물었다. 무엇 때문에 '러브체인'을 시작한 거냐고. 아무리 둘러봐도 당신이 얻는 것이 없는데 왜 하는 건가 싶다고. 아니. 나는 아주 큰 걸 얻었다. 기획자로 하나의 프로젝트를 처음부터 끝까지 진행하고 성과를 만든 경험과 스무 명의 멤버를 둔 리더로서 문제없이 마지막까지 항해에 성공한 경험을 말이다. 시작할 때는 무엇을 위해 내가 이걸 하고 싶어하는지 나도 몰랐다. 내가 원한 건 내 안의 가능성을 밖으로 꺼내 싹 틔워보는 경험이었다는 걸 끝내고 나서야 알게 됐다.

사실 지키지 못한 약속이 있다. '러브체인'을 매년 하겠다는 약속이다. 시간이 지날수록 지킬 자신이 없어진다. 해봐야만 아는 게 있다. 결국 해냈지만 해보니 알게 된 부족함이 있었다. 그리고 아직은 그걸 상쇄할 방법을 찾지 못했다. 덕분에 또 하나를 배워간다. 약속에는 신중해야 한다는 것. 하지만 그 역시 해보지 않았다면 몰랐을 일이니, 어쩔 수 없었다고 나를 다독이기로 했다.


도전할수록 알게 된다. 시작은 모든 것을 완벽히 이루기 위해서가 아니라, 성공과 실패를 두루 겪으며 앞으로 나아가기 위해서 하는 거라는 걸.

## 시작의 동반자,
## SNS

첫째를 낳던 해, 2013년 나는 처음으로 블로그에 글을 올렸다. 출산휴가가 시작되면서 생긴 여유 덕분이었다. 잊기 전에 신혼여행 기록을 남겨 둬야겠다는 생각에 사진과 짧은 글을 올린 게 시작이었다. 막상 출산을 하고 육아가 시작되면서 정신이 없어 잊었던 블로그가 다시 생각난 건, 아이 옷을 구매한 쇼핑몰 후기 이벤트를 보고서였다. 그 후로는 포인트 욕심에 무언가를 살 때마다 블로그에 후기를 썼다.

그런데 쓰다 보니 그저 기록을 남기는 것 자체가 즐거워졌다. 매일매일 바쁘게 지나가고도 무엇을 한 건가 싶을 때, 블로그에 육아일기를 쓰다 보면 뿌듯해졌다. 아이의 순간들이 그곳에 남았고, 육아를 전업으로 하던 시기 나의 수고들도 읽을 수 있었다. 또 다른 기쁨은,

알지 못하는 이들과의 소통이었다. 비슷한 또래의 아이를 키우는 사람들과 일면식도 없는 사이였지만 마음은 통했다. 소소한 일기장 같은 블로그에 가끔 남겨주는 댓글은 다음 글을 쓰게 하는 힘이 됐다. 컴퓨터 앞에 앉아 투닥거리며 쓴 글이 몇 백 명에게 가닿는다는 사실이 신기했다. 그러다가 내 글이 누군가에게 도움을 줄 수 있다는 걸 알게 됐다. 후기에서 시작된 글이 육아 일기가 되고, 육아용품 리뷰를 넘어 맛집 리뷰까지. 장르 불문, 누군가에게 도움이 될 수 있다 여겨지는 경험들을 모두 블로그에 남겼다. 그때의 나는 매일 두세 시간씩, 지금 남기지 않으면 휘발되어 영원히 사라져버릴까 겁내는 아이처럼 글을 생산했다.

여기까지 읽고 나면 '그렇게 열심히 썼으면 파워블로거가 되지 않았을까?' 생각할지도 모른다. 애석하게도 그러지 못했다. 기껏해야 하루 300~400명대 방문이 내가 가진 블로그의 최대치였다. 파워블로거는 어떻게 되는 건지 모르지만 그래도 내가 쓴 글을 300명이나 읽으니 대단하다고 생각하면서 그저 썼을 뿐이다. 그러다가 블로그 인생에 위기가 찾아왔다. 그건 바로 둘째 출산. 육아로 지친 마음을 블로그 글을 쓰며 달래왔건만, 아이 둘의 삶은 나를 달래줄 글마저 사치로 느껴질 만큼 녹록치 않았다. 그렇게 기록마저 멈춘 시기를 지나 둘째가 어린이집 등원을 시작했고, 그해 연말 첫 책 투고를 했다.

사실상 죽어 있는 것이나 다름없는 블로그를 다시 살려봐야겠다 생각한 건, 출간 계약을 하던 날이었다. 그날 만난 출판사 대표님이 이렇게 말했다.

"작가님도 작가님 입장에서의 마케팅을 해주셔야 해요."

아, 마케팅이라. 대표님은 "전직 마케터이시니 마케팅 잘 아시겠지만……"이라고 말을 시작했지만, 사실 나는 아는 게 없었다. 이미 오래전에 그만둔 마케팅이 지금 여기에서 통할까? 의문으로 가득 찼지만 웃으며 대답했다.

"네, 알겠습니다. 최선을 다할게요."

그 대답을 하면서 떠올린 게 나의 SNS 채널들이었다. SNS 채널들. 그렇다. 내가 소소히 써오던 곳이 단지 블로그 하나는 아니었다. 블로그보다 더 일찍 시작한 인스타그램과 출간 계약 직전에 시작한 브런치가 있다. 인스타그램 계정은 결혼 전 취미로 사진 찍으러 다닐 당시 사진을 공유하기 위해 만들었고, 브런치는 '출판 프로젝트'에 응모해 보기 위해 급히 시작했다. 블로그, 인스타그램, 브런치. 내가 가진 SNS 채널들의 공통점이 있다면, 나의 작고 소중한 일기장에 불과하다는 점이었다. 어느 것 하나도 당장 마케팅을 위해 쓰기에 충분하지 않았다.

모르면 배워야 한다. 그때 내가 했던 생각이다. 내 소중한 일기장을 해치지 않으면서도 조금 더 마케팅하기 적합하게 키워나가는 법을 배워보자며 몇 날 며칠 검색하고 후기까지 읽어본 뒤 블로그 수업

하나를 골라 등록했다. 그리고 그날 수업에서 중요한 하나를 배웠다.

그건 바로 '키워드'였다.

수업에 가기 전 사전 설문에 진지한 마음으로 이렇게 적었다.
"출간 마케팅을 위해 블로그를 재정비할 필요가 있습니다. 하지만 상업적인 느낌이 드는 블로그로 만들고 싶지는 않습니다."

그게 가능한 일일까 의문을 가지고 참석했던 수업에서 이런 답을 들었다. "지금 쓰고 계신 진정성 있는 글을 유지하시면 돼요. 거기에 '키워드'만 더해 주세요. 검색 가능한 키워드를 더한다면 더 많은 사람이 방문할 수 있게 될 거예요." 검색으로 찾을 수 있는 키워드를 더하는 것. 그건 그날부터 내가 장착한 새로운 태도였다.

다음 질문은 '무엇을 쓸 것인가?'였고, 내가 찾은 답은 '나'였다.

지금까지 블로그에 내가 담은 아이들 이야기, 육아용품 이야기, 소개하고 싶은 장소 이야기 모두 내가 경험한 것들에 대한 이야기이지만 나에 대한 이야기는 아니었다. 하지만 책 출간을 앞둔 상황에서 필요한 것은 진짜 나의 이야기가 아닐까 생각했다. 그래서 전업맘으로 살다가 어느 날 문득 책을 쓰기로 한 이유와 출간까지의 여정을 연재해 보기로 했다. 내 마음을 파고들며 나의 이유를 찾았고 부끄러운 마음이라도 있는 그대로 내놓으려 노력했다. 그리고 그러한 글들에 사람들이 반응하기 시작했다. '이렇게 초라한 마음을 드러내도 되는 걸까?' 고민하며 업로드하고 나면, 비슷한 마음을 품고 있는 이들이 공감의 댓글을 달았다. 그런 나를 응원한다는 댓글을 보면 가슴이 두근거렸다. 공감할 수 있는 진정성 있는 글을 쓸 것. 그것이 나의 전략이었다.

또 한 가지. 부지런히 쓸 것.

지금도 비슷한 것 같지만 그때도 1일 1포(1일 1포스팅)가 유행하던 시기였다. 1일 1포는 하지 못해도 1주일 5포는 해야겠다 마음먹었다. 그걸 지키기 위해서 제일 먼저 한 일은 틀 만들기. 매주 월요일은 책 쓰기 스토리 연재를, 매주 목요일은 기부프로젝트 '러브체인' 스토리 연재를 하기로 했다. 화, 수, 금요일은 육아 일기나 육아 팁을 올리고 그중 하루 정도는 가벼운 일상도 인정해 주기로 했다. 육아 팁을 항목 중 하나로 잡은 이유는 간단하다. 곧 출간될 나의 첫 책이 육아서였기 때문이다. 육아와 관련된 컨텐츠가 필수라고 생각했다.
　이러한 노력에 힘입어 블로그가 '폭발적으로' 성장했냐고 묻는다면, "아니요." 나의 D-day였던 출간 시점까지 이웃이 천 명가량 늘었고, 일 방문자는 600명 대, 종종 천 명이 넘는 정도가 됐다. 그러니 결코 폭발적이지는 않았다. 하지만 나는 그 성장이 충분하다고 생각했다. 진정성 있는 댓글이 늘었기 때문이다. 내가 무언가를 한다고 할 때 손잡아줄 사람이 생겼다는 확신이 들었다. 그리고 그 확신이 틀리지 않았음은 기부프로젝트 '러브체인'을 시작하면서 알 수 있었다.

SNS의 핵심은 소통에 있다. 각자가 자신의 공간에 있으면서도 온라인상에서 '함께'할 수 있음이 SNS가 존재하는 이유 아닐까? 그래서 소소한 이벤트를 자주 했다. 커피 캡슐 주문을 많이 한 날엔 자체 샘플러를 만들어 선물로 보내기도 하고, 코로나 시기 아이들과 시간보내기에 제격이었던 비누 만들기 세트로 이벤트를 하기도 했다. 기부프로젝트 '러브체인'을 시작할 때는 (내 수준에서는) 아주 대대적인 이름 공모 이벤트를 열었다. 프로젝트를 함께 해줄 사람을 모은 것도 블로그 공지를 통해서였다.

이렇게 SNS를 통해 사람들과 만나온 나의 과정들을 돌아보니, 의외의 감사가 보인다. 이걸 감사라고 표현해도 될지 모르겠는데 마땅한 표현이 떠오르질 않는다. 출간 계약을 하고 며칠 뒤 코로나가 시작됐고, 당연히 이후의 활동은 대부분 비대면으로 이루어졌다. 덕분에 첫 책을 출간하고도 제대로 된 북토크 몇 번 하지 못했다. 그러니 코로나는 내 중요한 순간을 방해한 방해꾼이라고만 여겼었다.

"그렇게 온라인으로만 만나는데도 가능했어요?" 얼마 전 누가 이런 질문을 했다. 그리고 깨달았다.

'사실 나는 코로나 덕을 본 건지도 모르겠다.'

어린아이를 키우는 엄마는 외부 활동을 하기가 쉽지 않다. 그런 이유로 자주 다른 이들의 모임을 부럽게 바라보기만 했었다. 출간 계약을 하고 다시 세상에 발을 디디면서 무엇이든 해보고 싶었던 그때, 내가 계획한 것은 대부분 '온라인' 프로젝트들이었다. 내가 마음껏 나갈 수 없어서 그랬다. 그런데도 누구도 온라인만으로 진행하는 것에 대해 의문을 표하지 않았다. 그게 자연스러웠기 때문이다. 전대미문의 역병 코로나가 세상을 빠르게 바꾸어 놓은 덕분이었다. 이미 나는 밖에 나가지 못하는 코로나와 비슷한 상황에 적응되어 있었고, 어쩔 수 없이 온라인만으로 계획한 것이 더할 나위 없이 어울리는 시대를 맞았다. 그리고 그 중심에는 나의 작고 소중한 SNS 채널이 있었다.

# 만남을 통해 확장된
# 나의 가능성

퇴사원을 내고 나올 때 한 가지 포기한 게 있다. 그건 바로 '마케터'라는 업이다. 처음 마케터가 되기로 결심한 건 내가 할 수 있는 일이 그것밖에 없어서였다. 실제로 시작한 마케터의 일은 예상한 대로 재미있으면서도 힘들었다. 특히 전략 파트, 실행보다는 기획 능력이 중요한 자리에 있다 보니, 창의력이 부족한 내 한계를 매일 뛰어넘어야 했다. 실제의 나보다 더 트렌드에 민감해야 했고, 한 끗 있고 엣지 있는 표현을 연구해야 했다. 쉽지 않았기에 한 단계씩 나아가는 내가 더 자랑스럽고 뿌듯했다. 퇴사하고 단절의 기간이 생기면 복귀하기 힘들 거로 생각한 건 그래서였다. 세상은 빠르게 변하고 그 속도를 누구보다 빠르게 타야 하는 직업이 마케터다. 해봤기 때문에 단절이 가지고 올 메우지 못할 틈을 잘 알고 있었다. 다시 마케터로 살겠다는 기대를 깨끗이 버리고 한 결정이었기에 미련이 없었다.

그런데 언젠가부터 마케팅을 '공부'해야겠다는 생각이 들었다. 업으로서의 마케팅은 포기했으면서도 다시 공부를 시작했다. 왜냐고 묻는다면, 다시 마케터로 살 수는 없겠지만 무엇을 하든 마케팅은 필요하다는 생각이 들어서였다. 마케터로 살지 않으면 마케팅 할 일이 없을 줄 알았는데 작가가 되려면 마케팅을 해야 한다고 했다. '러브체인'을 진행하면서 또 한번 느꼈다. 그때 내가 내 머릿속 저 깊은 곳까지 들어가 찾아내 사용한 경험들은 모두 마케터로 일할 때 배웠던 것들이었다. 비록 일은 그만뒀지만 실로 유용한 경험을 내게 남겨 주었다.

'러브체인' 미팅을 위해 오랜만에 강남에 나갔던 날, 옛 동료를 만났다. 식사를 하면서 이런저런 얘기를 나누다가 갑작스레 '마케팅 스터디 모임'이 꾸려졌다. 그 무렵 최근 마케팅 경향을 알고 싶어 온라인 강의들을 들여다보는 중이었는데, 그 역시 마찬가지라고 했다. 그러다가 의견이 모인 것이다. 그렇게 시작된 스터디는 업의 개념을 넘는 즐거움이었다. 그저 마케팅 분야 베스트셀러를 함께 읽고 나누는 것을 넘어 MBA 교재까지 공부하며 오랜만에 이론에도 푹 빠졌다. '나 찾기 프로젝트'의 처음 틀을 공유한 것도 이 모임에서였고, 공지 업로드 전 피드백을 구한 것도 그들에게서였다.

지나고 생각해 보면 그때 옛 동료와 식사 약속을 잡았던 게 신의 한 수가 아니었나 싶다. 엄마로만 사는 동안 인간관계가 바늘구멍만큼 좁아졌다. 나와 상황이 비슷한 사람들과의 만남이 대부분이었다. 활발히 자신의 일을 하고 있는 사람들과 나는 어울리지 않는다는 생각을 무의식 중에 했었는지도 모른다. 그런데 만남의 스펙트럼을 넓힐수록 새로운 영감이 내 삶에 들어왔다. 혼자서는 펼쳐보기 어려웠을 MBA 교재를 펼칠 수 있었고, 누군가의 사업 여정을 보며 새로운 열정을 피워볼 수도 있었다. 가만히 있지 않고 움직이는 이들이 보내주는 응원 역시 시작의 동력이 되었다. 나를 응원하는 그들의 시각을 믿었기에 용기낼 수 있었다. '나찾기 프로젝트'를 세상에 내놓을 용기도 그들의 응원으로부터 얻었다.

다시 한번 생각해 보면, 이런 종류의 만남이 여럿 있었다. 둘째를 어린이집에 보내고 처음 나갔던 오프라인 모임인 '습관 만들기 챌린지'도 그랬고, 다양한 엄마들과 만났던 '독서모임'도 그랬다. '나찾기 프로젝트'를 시작한 곳도 나와 전혀 상관없을 것 같은 커뮤니티였다. 메모앱 사용법을 배우려고 발을 들였다가 소모임 리더가 되었다. 예상하지 못한 일들이 사람들과의 만남을 통해 시작됐다. SNS는 온라인상에서도 다양한 것들을 시도하는 좋은 도구가 되었지만, 다양한 커뮤니티에서 만난 사람들이 힘을 실어주지 않았다면 그만한 성과를 내기는 어려웠을 거라 생각한다. 만남의 스펙트럼을 넓히는 것 자체가 성장의 자양분이었다.

이러한 만남들이 나에게 준 또 하나의 깨달음이 있는데, 그건 '경력의 재발견'이다. 마케터가 되기 위해서가 아니라 다른 일들을 더 잘하기 위해서 마케팅에 관심을 쏟던 그때, 다시 마케팅 일을 하는 게 어떠냐고 묻는 사람들이 많았다. 그럴 때마다 손사래를 쳤다.

"아니에요. 그게 몇 년 전인데요. 이제 저 마케터 아니에요."

그러면 사람들은 그렇지 않다고 대답하곤 했는데, 지금까지도 머리에 콕 박힌 대답이 있다.

"아니. 그걸 왜 버려요?"

누가 뭐라고 해도 마케터로 보낸 시간이 거의 십 년인데 왜 그 경력을 버리려 하냐는 일침이었다. 아, 어쩔 수 없이 물러난 게 아니라 내가 '버린' 거였나? 마케팅에 대한 내 태도를 다시 돌아보는 계기가 되었다.

마케팅 경력. 나는 그 경력이 단절된 여성일까, 그 경력을 보유한 여성일까.

회사를 그만두는 순간 쓸데없는 것이 될 거라 생각한 경력이었다. 단절은 잠시 끊어짐이 아니라 영원한 끊어짐을 의미한다고 생각했다. 그런데 새롭게 나를 발견한 사람들은, 내 안에서 과거의 조각을 발견해 주었다. 덕분에 과거에 얻은 경험과 지식을 탈탈 털어 현재에 적용할 수 있었다.

경험은 버릴 것이 없다. 지금 무언가 시작하고 싶다면, 과거 내가
얻은 경험을 뒤져 보기를 권하고 싶다. 모두가 쓸데 있는 경험이라고
생각할 때 나 혼자 쓸데없는 것이라 여겼던 것처럼, 어쩌면 당신도 그
런지 모른다. 가치 있는 당신만의 경험을 두고 아무것도 아니라고 생
각하고 있는 걸지도.

# 경험이
# 징검다리가 되어

"같이 일 해볼래요?"

전혀 예상치 못한 곳에서 전혀 예상치 못한 제안이 왔다. '나찾기 프로젝트' 공지를 인스타그램에 올리고 얼마 지나지 않아서였다. DM을 통해 통화하고 싶다는 메시지를 받았다. 내가 좋아하는 책의 저자여서 북토크에서 만난 적 있는 브랜딩 컴퍼니 대표님이었다. 간단한 안부를 나눈 후에 받은 첫 질문은 "직접 기획한 건가요?"였다.

'나찾기 프로젝트' 공지가 의외의 기회를 물어온 것이다. 오랫동안 고민해서 만들어낸 프로그램이었다. 모든 것을 혼자 해야 했기에 카드뉴스 시나리오부터 제작까지 직접 했다. 내용만 넣으면 뚝딱 만들어지는 플랫폼이 있기에 가능한 일이었다. 결정적으로, 공지 안에는 기획자이자 리더인 나의 이력이 들어 있었는데, 거기에 '글로벌 마케팅팀'에서 근무한 경력도 쓰여 있었다. '나찾기 프로젝트' 공지가 나만의 프로젝트를 만들고 실행하는 현재의 내 모습과 과거 경력을 동시에 보여준 셈이다. 하지만 마케팅 업으로의 복귀는 생각한 적이 없어 어안이 벙벙했다.

활발히 활동 중인 대표님으로부터 받은 제안이었다. 덕분에 내 경력은 단절보다 보유에 가까운 게 아닐까 하는 생각을 하게 됐다. 일단 한 달, 일하면서 서로를 테스트하는 시간을 가져보자는 말에 "해보겠다"고 말한 것도 그래서였다. 해봐야겠다고 생각했다. 대표님은 서로를 테스트하자고 말했지만, 내가 정말로 테스트해 보고 싶은 건 나였다. 아직 정글 속에서 일할 수 있는 감각이 남아 있는지 알고 싶었다. 처음 전화를 받고는 의외의 제안에 당황스러워 적당한 답변을 생각할 수 없었다.

'지금 바로 거절하면 후회할 것 같다.' 이 생각 하나만 분명했다. 그래서 말했다.

"제가 며칠만 생각하고 다시 연락드려도 될까요?"

저녁 시간, 소란스러운 거실을 피해 안방 문을 닫고 화장대 앞에 앉아서 했던 통화. 전화를 끊으며 본 거울 속의 내가 낯설었다.

'나 다시 마케터로 조직 안에 들어가 일할 수 있을까?'

마케터로 일하는 것도, 다시 회사 소속이 되는 것도, 생각해 보지 않은 일이다. 가장 큰 장해물은 아이들을 어딘가에 맡겨야 한다는 것이었다. 그전까지는 아이를 맡기고 나가야 하는 일이면 고민도 하지 않았다. 그냥 나와 맞지 않는 일이라고만 생각했다. 그런데 고민이 되기 시작한 거다. '해봐도 될까' 하는 마음이 스멀스멀 올라왔다. 십 분가량 그대로 앉아 고민하다가 안방 문을 박차고 나갔다.

"나 지금 같이 일해 보자는 제안을 받았어. 그러려면 아이를 맡길 곳이 필요해. 어머님께 내가 얘기 한번 해볼게."

부모님께 아이를 맡기고 일할 생각은 없다고 말해온 나였다. 그런 내가 고민을 하기 시작했다면, 이건 해봐야 할 일이라고 생각했다. 어머님께 부탁해도 괜찮을지는 일단 묻고 답을 들은 후에 고민하기로 했다. 그리고 어머님은 흔쾌히 가능하다고 말해 주셨다. 매일 출근이 아니라 재택과 출근이 병행되는 방식이라서 더 빠르게 시작할 수 있었다.

사실 나의 이번 도전은 오래가지 못했다. 테스트 기간으로 삼았던 한 달. 딱 그만큼의 짧은 경험이었다. 지금 생각해 보면 그때 나에게 가장 부족했던 건 내 마음의 준비가 아니었나 싶다. 오랜만에 일을 시작하니 버벅거림이 생길 수밖에 없는데 나는 예전처럼 빠르지 못한 내 업무 속도가 맘에 들지 않았다. 어려움을 토로할 때마다 지금 속도가 전혀 늦지 않으니 걱정 말라는 답이 돌아왔지만, 나에게 중요한 건 스스로에 대한 평가였다. 더 잘하고 싶지만 시간을 충분히 쓸 수 없는 현실이 답답했다. 설상가상, 아직 4살이었던 둘째가 예민해지기 시작했다. 결국 한 달의 테스트 기간이 끝날 무렵, 이번 한 달로 일을 끝내야 할 것 같다고 대표님께 말했다.

처음 회사에서 일하게 됐을 때 내 SNS에 새로운 도전을 공유했다. 내 소중한 일기장이었던 SNS 채널은 어느새 사람들과 소통하고 응원을 주고받는 공간이 되어 있었기에, 그 소식에 많은 이들이 축하를 보내줬다. 그리고 한 달 뒤 일을 마무리했다고 다시 한번 밝혔다. 이번에도 더 좋은 기회가 올 거라는 희망찬 응원 댓글들이 달렸다. 한 달 만에 그만두게 됐을 때, 어떤 이가 말했다.

"이렇게 금방 그만두게 될 수도 있는데 왜 굳이 SNS에 소식을 공유했어?"

한 달 만의 그만둠. 누구에게는 포기로 보일 수도 있고 밝히기 민망한 경험일 수도 있다. 하지만 나는 내가 한 달 만에 그만뒀던 경험 역시 나의 소중한 발자국이라 생각한다. '막상 시작해도 오래 못 할 수도 있잖아' 같은 걱정에 저버리지 않고 도전했으니 그것으로 충분하다.

그만두겠다는 내게 대표님이 말했다. 지난 한 달, 한 명의 자리를 멋지게 채워줬다고. 일을 시작하자마자 자신의 역할을 해준 덕분에 다른 멤버들이 편했다고. 나는 매번 무언가 부족한 것 같다고 말했지만, 실제로는 부족하지 않았기에 지적할 일도 없었던 거라고. 앞으로 무엇을 하든 잘할 수 있을 거라고. 그 길에 나서지 않았다면 아마 나는 여전히 나만의 기준으로 나를 과소평가하고 있을지 모른다. 나의 가치를 한 번 더 확인하는 기회도 얻지 못했을 거다. 그러니 단 한 달의 경험일지라도 내게는 소중하다. 결코 숨겨둘 이야기가 아니었다는 얘기다.

처음 제안받았을 때 오래 고민했다면 아마 시작도 하기 전에 멈추지 않았을까 싶기도 하다. 고민은 오래 할수록 할 수 없는 이유들만 눈덩이처럼 늘어나니까. '하고 싶다'는 생각과 '가능할까?'라는 의심이 동시에 피어오를 때는 빠르게 시작하는 게 답이다. 가능한지 여부는 시작하고 나면 알게 된다. 가능하지 않은 일이라 그만두게 되더라도 실행하는 동안 얻은 경험이 남는다. 예를 들어, 이번 경험은 아이들을 맡기고 나갈 수 없다는 나의 틀을 깨는 계기가 됐다. 덕분에 스타트업 창업 멤버로 합류하는 다음 도전에도 쉽게 손들 수 있었다.

# 글쓰기가
# 업業이 될 수 있을까?

글을 쓰고, 글쓰기 프로젝트를 하고, 온라인 연대를 기획하고, 다시 마케팅의 일을 하면서. 나를 소개하는 말이 늘었다. 그걸 잘 요약해 보면, 글 쓰고 마케팅 하는 엄마. 결국 '글쓰기'와 '마케팅'으로 요약된다.

2021년 봄, 그 즈음의 나는 두 개 사이에서 갈팡질팡하고 있었다. 글쓰는 것은 좋아하는 일이지만 업이 될 수 없지 싶었고, 마케팅은 업이 될 수는 있겠지만 내가 정말로 좋아하는 일인지 헷갈렸다. 글을 쓰는 일이 좋았지만, 책 한 권 낸 경험으로 글쓰는 사람이라고 말하기는 궁색했고, 전직 마케터 경력으로 전문성을 인정받을 수는 있었지만 이 길을 가야할지는 의문이었다. 이번에도 전혀 예상치 않은 곳에서, 고민의 실마리를 풀 기회가 왔다.

친구에게 연락이 왔다. 정확히는 전 회사 동료이자 친구. 첫 부서에서 함께 일했던 사이다. 당시 우리가 일했던 부서는 신제품 런칭 전략을 담당하는 신설 부서였다. 자신의 존재 이유를 끊임없이 보여줘야 하는 신설 부서의 운명. '빡세다'라는 말로밖에 표현이 안 될 만큼 업무 강도가 대단했다. 그래서인지 당시 동료들을 만나면 전우라는 말이 절로 나온다. 그 전우가 퇴사를 결심했다며 연락해 온 것이다. 그날 나는 친구에게 회사를 나와 내가 만난 다양한 기회에 대해서 얘기했다. 친구가 오랜 회사 생활을 마무리하는 그때가 나에게는 '시작' 시즌이었기 때문이다.

그로부터 1년 정도가 지나고, 다시 한번 친구에게 연락이 왔다. 새로운 시작을 계획하는 친구는 자신의 사업 아이디어를 꺼내 놨다. 어떠냐고 묻기에 좋다고 잘 할 수 있을 거라고 답해 주었다. 그때 친구가 말했다.

"내가 이걸 하려고 보니 믿을 만한 사람이 필요해. 내가 제일 먼저 손 내밀고 싶은 사람이 너야."

아. 친구는 단지 아이디어를 보여주기 위해서 만나자고 한 게 아니었다. 함께 일하자고 말하려고 이 자리를 마련했던 거다. 전혀 예상하지 못한 일이었지만, 해보고 싶다는 생각이 들었다. 나에게 가장 매력적인 부분은, 사업 내용의 일부인 '매거진 창간'이었다. 좋아하지만 업이 되기는 힘들 거라 생각했던 글쓰기 부문이 슬쩍 떠올랐다. 지나

고 생각해 봐도 그때 내가 흔쾌히 "그래"라고 대답한 건 계속 글을 쓸 수 있겠다는 희망 때문이었다.

그렇게 우리는 새로운 사업을 준비하기 시작했다. 친구와 나는 완전히 다른 성향을 가졌다. 친구는 대장부라는 말이 절로 나올 정도로 시원시원하고 추진력이 있지만, 나는 매사에 조심스럽다. 예전 회사에서 함께 일할 때 20대의 친구에게 20대의 내가 그런 얘기를 한 적이 있다.

"너는 사업해도 잘할 것 같아. 너는 사업을 하고 나는 참모를 하면 딱 맞겠는데."

그 얘기를 한 지 십여 년이 지나 40 즈음의 우리가 딱 그 모양대로 일하고 있는데 어찌나 신기하던지. 역시 모든 인연은 소중하다.

그렇게 나는 한 회사의 창업 멤버가 되었고, 로컬 라이프스타일 매거진을 창간하기에 이르렀다. 매거진 컨셉부터 매거진명과 로고 선정까지. 첫 호 지역 선정부터 기획, 구성, 취재, 기사 쓰기까지. 거기에 더해 행간에 쏙쏙 숨어 있는 수많은 세부 과정들도. 어느 하나 쉽게 지난 곳은 없었지만, 결국 해냈다. 몇 번의 도전이 나에게 남긴 명언이 하나 있다.

'경험해 봐야만 알게 되는 것이 있다'는 것.

그 말이 제일 딱 들어맞았던 도전이 바로 이 매거진 창간 작업이었다. 정말이지 해보기 전에는 몰랐던 것들이 왜 이리 많은지. 얕고 높은 계단이 불규칙하게 펼쳐진 언덕을 온 힘을 다해 오르는 기분이었다. 다행인 건 이번 일은 혼자 하는 게 아니라 팀과 함께 한다는 것이다. 이만큼 무모한 도전은 친구와 '함께'가 아니라면 할 수 없었겠다는 생각을 자주 했다.

친구 역시 내가 아이들과 함께하는 시간을 소중히 여긴다는 걸 잘 이해하고 있어 처음 시작할 때 내 근무 시간을 네 시간으로 합의했었다. 하지만 시도 때도 없이 근무 시간은 늘어났다. 할 일이 많으니 누구를 탓할 수도 없었다. 일이 있으면 쉽게 미뤄 놓지 못하는 내 성격 탓이기도 했다. 매거진 에디터는 단지 글만 쓰는 사람이 아니다. 담당 기사 레이아웃부터 사진, 글 모두를 책임져야 했는데, 물리적으로 가장 변동성이 큰 건 사진 촬영이었다. 야외 촬영 계획만 잡으면 비가 오기 일쑤였다. 어떤 날은 애들 밥을 차리다가 뛰어나가기도 했다. 오후에 잡혀 있던 촬영을 비 때문에 취소했는데 비가 그치는 바람에 저녁에 급히 다시 촬영하기로 했기 때문이다. 디자인을 해 본 적 없는 사람이 레이아웃 가이드를 하려니 벤치마킹 자료 찾고 고민하는 데 시간이 많이 걸렸고, 그래도 글 쓰는 사람이니 다른 건 몰라도 글만은 잘 써야 한다는 압박감에 글에도 힘이 들어갔다. 그러는 사이, 처음 계획과는 다르게 아이들과의 시간은 많이 줄고 내 일을 하는 시간은 늘어났다. 완벽하게 균형이 깨진 것이다.

두 번째 호인 캘리포니아 편을 만들면서는 상황이 더 나빠졌다.

창간호인 서울 편은 모든 것이 처음이라서 매번 배우면서 나아가느라 힘들었다면, 캘리포니아 편은 만드는 일에는 익숙해졌지만, 지역이 해외이기 때문에 생기는 문제가 있었다. 캘리포니아 출장 일주일 전, 첫째 축복이 학급에 확진자가 생겨 자가 격리를 하게 됐다. (지금은 밀접접촉자라고 모두 격리하지 않지만, 그때는 밀접접촉자면 열흘 격리를 해야 하는 시기였다.) 당장 내가 아이와 접촉을 하지 않아야 출장을 갈 수 있는 상황. 하지만 남편은 출근해야 하고, 첫째는 자가 격리자가 되었고, 둘째는 유치원 등원 불가인 형국에, 나 혼자 아이와 거리를 두고 있다가 출장을 가겠다는 말이 차마 떨어지지 않았다. 더 정확히는 그렇게까지 출장을 떠나고 싶지 않았다. 출장 가기 어렵겠다고 친구에게 말하고, 진지하게 고민하기 시작했다.

"정말 하고 싶다면 무리를 해서라도 하게 될 거예요."

그 말이 다시 떠올랐다. 매거진 만드는 일은 재밌었다. 내가 다시 생산적인 일을 꽤 잘 해내고 있는 것 같아서 신이 났다. 그런데 아이와 출장의 기로에서 나는 무리해서 출장 가는 대신 무리해서 아이와 있는 것을 택했다. 내가 정말 하고 싶은 건 아이가 필요할 때 옆에 있는 쪽이었다. 그때의 내 솔직한 심정을 말하자면 이랬다. '미치겠네.'

아이랑 있는 게 좋으면 일을 하기 싫거나, 일하고 싶으면 아이 옆에 덜 있어도 괜찮거나. 둘 중 하나여야 할 것 아닌가. 이번에도 그랬다. 아이와 함께하는 쪽이 51, 일에 집중해서 좋은 결과물을 만들어내는 쪽이 49. 미칠 것 같은 갈등이 시작됐다.

내가 이 일을 하기로 한 이유부터 다시 더듬어보기로 했다. 어쩌면 글쓰기가 나의 업이 될 수도 있으리란 기대감이었다. 그래. 나는 계속해서 글을 쓰고 싶어서 이 일을 시작했다.

"너 왜 자꾸 마케팅하려고 해? 넌 글 쓰는 게 훨씬 더 잘 어울려."

크라우드 펀딩 프로젝트 진행 때, 상세페이지를 쓰고 나서 친구가 했던 말이다. 너는 글을 쓰는 게 맞는 사람인 걸 다시 한번 느꼈다는 말이 참 고마웠다.

나는 그런 사람이다. 마케팅을 위해서는 애를 쓰지만, 글을 쓸 때는 마음을 쓰는 사람.

우여곡절 끝에 완성된 두 번째 호 '캘리포니아 편'을 마무리할 때쯤 친구에게 마음을 털어놨다. 나의 공백이 무리가 되면 안 되니 빠르게 말해야 할 것 같아서 서둘렀다. 나를 대신할 사람을 그 전에 찾기를 바라는 마음이었다. 그리고 마지막으로 리드 에디터로서 '캘리포니아 편' 에디터스 레터(Editor's letter)를 썼다. 남겨진 모든 흔적이 최선을 다한 멋진 흔적이기를 바랐다.

엄마가 되고나서부터 나는 미래를 자신하지 않게 됐다. 아이를 낳기 전의 나는 내가 멈추지 않으면 끝까지 갈 수 있다 믿었다. 그때의 나는 쉽게 멈추겠다는 결심을 하는 사람이 아니었다. 그래서 자신 있게 미래를 약속하곤 했다. 하지만 이제는 미래를 약속하는 대신 지금에 집중한다. 이번이 마지막일지도 모른다는 절박함을 가지고 매번 마지막처럼 최선을 다한다. 순간순간의 모든 발자국이 내 흔적이 될 테니까. 내일은 하지 못해도 괜찮다. 지금 하고 있다는 게 중요하다.

에디터로 하나의 잡지를 창간하고 1, 2호를 펴내면서 많은 걸 배웠다. 지금까지와는 다른 방식으로 글을 기획하고 준비했고, 새로운 장르의 글을 썼다. 처음이라서 어려웠던 만큼 끝낸 후에 남은 것도 많았다. 그리고 나는 쓰는 일에 저력을 가진 사람이라는 걸 깨달았다.

'이번 기회가 쓰는 일을 위한 유일한 기회는 아닐 거야. 이걸 놓더라도, 나의 속도대로 계속 쓰다 보면 더 적당한 시기에 좋은 기회를 만날 수 있을거야.'

글쓰기가 업이 될 수 있을까? 이번 일이 답이 될지도 모른다고 생각했는데, 스스로 답안을 덮어버리고 말았다. 어쩌면 나는 답을 애써 찾지 않기로 스스로 결정한 건지도 모른다. 애쓸수록 조급해지니까. 더 잘 쓰는 사람이 되는 데 필요한 것은 시간이고 시간을 견디는 데 가장 큰 적은 조급함이다. 그저 시간을 지나다 보면 어느 날 답이 나타날 거라 믿기로 했다. 나는 목표가 나타나면 자꾸 조급해지는 사람이다. 오히려 꼭 얻어내겠다는 목표가 없어야 꾸준히 할 수 있다.

"20년쯤 노력하면 내 나이 60에는 지금보다 훨씬 나은 글을 쓸 수 있지 않겠어?"

진짜 잘 쓰는 사람이 되기 위해 준비하는 시간으로 지금을 채워 나가려고 한다.

또 한 번 그만둠을 택했다. 하지만 그렇다고 내 일을 끝내기로 결정한 건 아니다. 나는 여전히 과정 중에 있다. 예전의 내가 욕망했던 것을 포기하는 나를 보면서 '욕심 많이 없어졌구나' 생각했다. 그런데 어느날 '모두 가지고 싶은 자신은 욕심 많은 사람'이라는 지인의 글을 보게 됐다. 그 글을 읽고 다시 생각해 보니 나 역시 욕심 많은 사람이다. 아이들과의 시간도, 내가 하고 싶은 일도 다 가지고 싶다. 하지만 둘 다 완벽하게 가지는 건 현실적으로 어렵다는 것도 안다. 모두 가지는 대신 그 현실 속에서 행복한 균형을 찾아내겠다는 욕심을 가득 안고 오늘을 살아간다.

내가 나를 정의할 수 있을까? 내일 내가 무엇이 되어 있을지, 또 어떤 시작을 할지 지금의 내가 알 수 있을까? 하나의 단어로 단정해 버리는 게 과연 옳은 일일까? 그런 의문이 생겼다. 그래서 내 인스타 그램 계정명을 이렇게 정했다.

just as_sonya.

나는 그저 쏘냐다. 앞으로 어떤 모습으로 살아가든 그저 나. 지금 은 상상도 하지 못한 선택을 하더라도, 내 삶은 그저 내 것. 그저 쏘냐다.

2019년 여름, 책 쓰기를 시작하고 숨가쁘게 달리면서 다양한 시 작을 했다. 시작하는 게 두려운 사람이 두려움을 무시하고 시작하느 라 그저 나는 시작을 시작하는 것뿐이라고 스스로에게 말했다. 그저 '시작한다'는 말보다, '시작을 시작한다'는 말이 조금 덜 무서웠다. 목

적어가 시작 자체가 되니 도전하고 있는 그 일보다 움직임 자체에 신경 쓰게 됐다. 오르막을 오를 때, 위를 보지 않고 땅을 보며 그저 한 발짝에만 집중하면 덜 힘들 듯이 말이다. 시작을 하든, 시작을 시작하든, 시작의 시작을 시작하든. 어찌 됐든 시작이었고, 시작했더니 하나씩 하나씩 이루어졌다.

바쁘게 다양한 일을 했지만 "저처럼 살아도 괜찮아요." 자신 있게 외치지 못했다. 나의 선택과 도전에는 돈이 따르지 않았기 때문이다. 돈이 싫은 건 절대 아닌데 이상하게 돈이 벌리는 일에는 관심을 두지 못했다. (언젠가는 돈 잘 버는 일에도 관심 두는 내가 되기를 지금도 간절히 원한다.) 그저 내 마음속의 가치관에 따라 의미가 있다면, 그 의미 때문에 하고 싶어진다면, 했다.

그런데 왜 지금 이 글을 쓰고 있냐고? 마지막 그만둠을 결심하면서 내 마음에 새로운 바람이 불었기 때문이다. 마음 한 켠에 남아 있는 '돈도 안 되는 일 한다고…' 하는 마음을 날려 보내준 바람 말이다. 그리고 나는 이것이 지난 3년의 시작들이 내게 준 가장 큰 성과라고 믿는다.

결국은 또 멈춤을 선택했지만, 계속해서 시작하고 그만두면서 나는 분명 하나씩 더 할 수 있는 사람이 되었다. 할 수 있는 일이 늘었고, 할 수 있다는 마음도 더 단단해졌다.

"너 그러다가 애들 다 크고 나면 헛헛해져."

남의 말에 그다지 초연하지 못한 나는 이 말을 들을 때마다 흔들

렸었다. 지금은 행복하지만, 미래의 어느 날에 갑자기 불행해질까 봐. 하지만 이제는 무언가 하고 싶다는 생각이 들 때 주저하지만 않으면 할 수 있다는 걸 안다. 또 하나의 중요한 성과는 내가 언제 행복한지를 더 명확히 알게 됐다는 것이다. 지금 내가 아이들과 함께하면서 느끼는 행복이 착각이 아니라 진짜임을 확신할 수 있게 됐다.

그리하여 이제 나는 미래의 '빈둥지증후군'이 두렵지 않다. 혹시 오래도록 새로운 것을 시작하지 않더라도, 그게 나를 행복하게 한다면 괜찮다. 당장 내일 또 무리하고 싶은 일이 생겨서 시작한대도 괜찮다. 아마 둘 사이를 왔다 갔다 하며 남은 날들을 보내게 되지 않을까.

'소영'이 오롯이 내가 되고 싶어 '소령'이 되었고, 보이는 것보다 본질이 중요하다는 깨달음을 기억하기 위해 '쏘냐'가 되었고, 나의 가능성을 제한하지 않기 위해 'just as_sonya'가 되었듯이, 이제 나는 오롯이 나로 내 본질을 가꾸며 어떤 가능성이든 열어두고, 여전히 나이기 때문에 반짝이는 날들을 살고 싶다.